Les Faluns

de Touraine

Comtesse PIERRE LECOINTRE

Les Faluns

de Touraine

TOURS

MAISON ALFRED MAME ET FILS

—

M DCCCC VIII

TABLE DES MATIÈRES

TABLE DES ILLUSTRATIONS

TABLE DES CARTES ET COUPES

[1] Cliché Gauché-Metay.
[2] Cliché Gauché-Metay.

LES

FALUNS DE TOURAINE

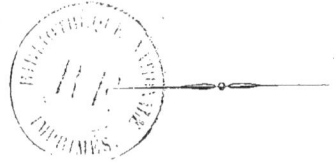

CHAPITRE I

LES ANCIENS — LE MOYEN AGE

Il est regrettable qu'ayant à écrire le mot « Falun » plusieurs centaines de fois dans cette brochure, nous soyons obligée d'avouer, dès la première ligne, que personne n'a encore découvert l'origine de ce mot.

En consultant les autorités, nous voyons que Bescherelle engage à adopter comme étymologie le grec φαλος, « clair, brillant, » radical de φαλοω, « briller. » Littré dit : Étymologie inconnue : peut-on conjecturer l'allemand *Fahlen*, pâle, blême, ou l'anglais *Fallow*, gris cendré, » et il remarque que le *Dictionnaire des Arts et Métiers* de 1767 écrivait « Falum » et « Falumière ». Les autres Dictionnaires : Larousse, l'Encyclopédie du XIXᵉ siècle, etc., ne disent rien sur l'origine du mot; ils renseignent sur l'emploi qu'on peut faire du sable des Faluns. Enfin quelques auteurs, entre autres M. Louis Figuier, croient que le mot « Falun » vient du nom de la ville de Suède. Il nous est impossible d'admettre ce rapprochement.

Vers le nord du département d'Indre-et-Loire, dans la région de Savigné-Beaugé, on nomme les carrières de sable des Faluns des *Crouazières,* et les coquilles des *Crouas* (quelquefois on orthographie *Croit*). On dit *encrouaziller,* pour *empierrer* un chemin. Nous avons vainement cherché à nous renseigner dans la région

sur ce que signifie *Crouas*. Nous ne sommes arrivée à rien de
précis. « On appelle les carrières des *Crouazières*, parce qu'il y a
de la *Crouas* dedans. » Qu'est-ce que la *Crouas?* des coquilles?
des Bryozoaires?... Les faluniers de Saint-Épain appellent les
coquilles qu'ils trouvent dans le sable, des *Crouzilles*. Il ne nous a
pas été possible d'avoir des données sur cette locution; dans cet
endroit, on ne comprend pas le mot *Crouas*.

Dans beaucoup de localités en France on nomme *Groise* le Tuf
arénacé. Dans le Cotentin, le Falun durci s'appelle *Jauge*.
M. Odanel, au xviiie siècle, dit *Cron*.

Il résulte de ces remarques que des objets absolument identiques sont appelés de noms différents, même à vingt lieues de
distance : dans la région Manthelan-Bossée, on ne comprend pas
Crouas; dans le pays de Savigné-Beaugé, on ne sait ce que veut
dire *Falun*. Nous laissons les philologues tourangeaux chercher
la cause de cette anomalie, ainsi que l'origine étymologique des
mots : *Falun, Crouas, Crouzille, Groise, Jauge*.

Le fait singulier de dépôts, d'amas de coquilles marines, sur
des lieux élevés avait frappé les Anciens, et les Philosophes disser-
tèrent pendant des centaines d'années sur ce phénomène étrange.
Le problème avait une énorme importance, puisque sa solution
amenait à comprendre la formation des couches terrestres, avance
et recul de la mer, abaissement momentané de certains rivages
(ces moments durant des siècles), relèvement plus ou moins rapide
de ces mêmes rivages, causé par des sorties de montagnes ou de
volcans.

Durant le moyen âge, les opinions les plus singulières eurent
cours sur les fossiles. Pour les uns, ils sont les esquisses d'une
Création future, des essais que le Créateur a jugé trop imparfaits
pour être animés, et qui attendent dans le sein de la Terre le
souffle (*aura seminalis*) qui viendra les féconder; ou bien ce
sont des objets placés par le Créateur dans les couches terrestres
pour exercer la curiosité des hommes, ou des produits d'une
génération spontanée ou d'une génération secondaire. Quelques
savants crurent que les fossiles provenaient de graines et pensèrent qu'il suffisait de les semer pour les voir pousser. D'autres
écrivains dirent que l'influence des astres les faisait éclore. On

les crut apportés dans leurs gisements par des déluges périodiques, par le déluge Mosaïque, par des vents impétueux, par des
singes en se jouant, par des pèlerins, par des voyageurs...

Les gros ossements qu'on trouve mêlés à des fossiles furent
l'occasion aussi de nombreuses méprises...

Quand il fut reconnu que les os et les fossiles étaient des débris
plus ou moins altérés d'organismes ayant vécu, et que les coquilles
fossiles étaient pour la plupart des restes maritimes, la discussion
se concentra sur nos Faluns de Touraine, qui jouèrent, du xvi^e
au xviiie siècle, un rôle considérable dans les polémiques entre
savants et littérateurs. Dans tous les ouvrages d'Histoire naturelle
et de Géologie écrits à cette époque, il est question d'eux, et on
agite le problème qu'ils soulèvent : Si ces coquilles sont d'origine
marine, comment se trouvent-elles sur un plateau élevé de trois
cents pieds au-dessus de l'Océan actuel et à une distance de trente
lieues de ses rivages? La discussion dura deux cents ans, et la
solution fut trouvée définitivement et sans contradiction possible,
en 1829, par Desnoyers.

Comme nous l'avons dit plus haut, la question de l'origine des
fossiles fut posée plusieurs siècles avant l'ère chrétienne, quand
les philosophes et savants de l'Égypte et de la Grèce eurent
reconnu la présence de coquilles marines dans des lieux où cette
présence ne s'expliquait pas d'elle-même. Disons, à l'éloge des
Anciens, qu'ils n'hésitèrent pas à admettre le *Fait* et ne nièrent
pas l'*Évidence :* cinq cents ans avant notre ère, ils entrevirent la
vérité sur ces dépôts étranges.

Xénophane de Colophon[1] dit que les fossiles sont bien des
restes d'animaux ayant vécu, et qu'ils sont la preuve des changements que la Terre a subis par des alternatives de liquéfaction et
de solidification. Xanthus[2] avait trouvé, en certains lieux éloignés
de la mer, des Conques, des Pétoncles, et il était persuadé que ce
qui était terre de son temps avait été mer auparavant. Hérodote[3],
lui, nous raconte que les Prêtres égyptiens avaient remarqué des
coquilles fossiles et admettaient leur origine marine, mais les

[1] Philosophe grec, 520-410 (Périer).
[2] Philosophe grec, 500 ans av. J.-C. (Boule, *Paléontologie*).
[3] Historien grec, 490-425 (d'Argenville).

croyaient apportées dans les lieux élevés par les retours d'inondations périodiques.

Aristote, Platon, Sénèque, parlent des fossiles. Ils attribuent l'apport des sables, coquilles, Buccins, Pétoncles, à la mer. Strabon [1] relate, en l'approuvant, l'opinion de Xanthus. Ovide dit (Métamorphoses) :

« Rien ne périt dans ce vaste univers, mais tout varie et change de figure,... rien ne dure longtemps sous la même apparence ; ce qui fut terrain solide est devenu une mer, des terres sont sorties du fond des Eaux, et des coquilles marines ont été trouvées gisant loin de la mer. »

Pendant toute la période de l'Antiquité, les Philosophes eurent sur le sujet des fossiles des idées extrêmement justes. Il n'en fut plus de même quand la civilisation grecque eut disparu.

Tertullien, saint Jérôme et Isidore de Séville [2], attribuent au Déluge de Noé les faits qui nous occupent, et Olympiodorus [3] pensait que des vents impétueux avaient porté les coquilles fossiles au haut des montagnes. Nous prions les mathématiciens de calculer la violence du vent nécessaire pour effectuer cette opération, et nous nous demandons comment il resterait de la vie à la surface d'un sol où une tempête semblable aurait passé ?

Au XIIIe siècle, Albert le Grand [4] reconnaît aux pierres une force créatrice (virtus formativa). Aldobrandus [5] pense qu'il s'engendre des coquilles dans les montagnes, dans les lieux souterrains, quand il se rencontre dans ces endroits un nitre pareil à celui de la mer. Jean Goropius Bécanus [6] admet une puissance générative « qui donne la forme à tout autant que la Nature le permet ». Nous espérons bien que J. G. Bécanus se comprenait lui-même et que ses contemporains saisirent sa pensée...; elle nous échappe.

A la même époque, Agricola [7] et André Mathioli [8] affirment que la matière grasse en fermentation produit les formes fossiles. Pour les excuser, nous dirons qu'Isidore de Séville, dont nous parlons plus haut, avait assuré que les abeilles naissaient du veau en décomposition, les scarabées de la viande de cheval, les saute-

[1] Géographe grec, 66 av. J.-C.-24 après (Boule, Paléontologie).
[2] Évêque théologien, 570.
[3] Philosophe, 603 apr. J.-C. (d'Argenville).
[4] Célèbre dominicain, XIVe siècle (White).
[5] Médecin italien, XIVe siècle (d'Argenville).
[6] Médecin brabantais, 1512-1572 (d'Argenville).
[7] Botaniste et médecin allemand, XIVe siècle (Wiseman).
[8] Médecin et naturaliste, né à Sienne, 1500-1577 (Wiseman).

relles des mulets morts, et que les scorpions étaient engendrés des crabes... Si ces origines étaient exactes, pourquoi les fossiles ne seraient-ils pas sortis de la graisse? Cardanus fut plus sensé[1]; pour lui, les fossiles sont vraiment des restes d'animaux; seulement il les croit apportés par le déluge Mosaïque. (Palissy réfute cette erreur dans ses Dialogues.) En revanche, Mercati[2] soutint énergiquement, en 1574, que les coquillages fossiles réunis au Vatican par ordre de Sixte-Quint, et dont lui-même, Mercati, avait la charge et le soin, étaient simplement des pierres qui avaient reçu leur configuration par l'influence des Corps Célestes.

La Vérité commença à se faire jour avec Léonard de Vinci, son ami Fracastero et Palissy, qui démontrèrent clairement ce qu'avaient été les fossiles. Fracastero[3] même se distingua de ses contemporains par des idées extrêmement neuves : il fit remarquer que ces vestiges divers dataient d'époques différentes. Pensée de génie, adoptée, d'une manière générale, deux siècles après lui!

Léonard de Vinci, pendant son séjour en Touraine, remarqua nos Faluns[4]. Il dit dans ses Notes :

... Ce qui était jadis le fond de la mer est devenu le sommet des montagnes ; c'est ce qu'attestent assez les coquillages, les huîtres, les coraux qui vivent dans la mer et que nous trouvons aujourd'hui sur la cime des plus hauts monts... On ne peut qu'admirer la sottise et la simplicité de ceux qui veulent que ces coquilles aient été transportées par le Déluge... Si cela était, elles seraient jetées au hasard, confondues avec d'autres objets, tous à une même hauteur. Or les coquillages sont disposés par étages successifs ; on les trouve au pied de la montagne comme à son sommet ; quelques-uns sont encore attachés au rocher qui les portait. Ceux qui vivent en société, huîtres, moules, seiches, sont par groupes ; les solitaires se trouvent de distance en distance, tels que nous les voyons aujourd'hui sur le rivage de la mer...

« Une autre secte d'ignorants soutient que les coquilles sont créées dans la montagne, loin de la mer, par influences célestes, sous l'action combinée des astres et de la nature du lieu. Qu'ils expliquent donc comment les astres ont produit dans le même lieu et sur la même ligne des animaux de diverses espèces ; bien mieux, de différents âges?... Comment, de ces coquillages, les uns sont-ils entiers, les autres en morceaux? Comment celui-ci plein de sable, celui-là des débris d'autres coquilles? D'où viennent ces os et ces dents de poissons? D'où ce gravier fait de petites pierres, qui, roulées par les eaux, ont perdu leurs angles et l'algue marine entremêlée de coquilles et de sable, le tout pétrifié dans la même masse avec des fragments d'écrevisse de mer?... Tout nous ramène à cette

[1] Philosophe et médecin italien, 1501-1576 (B. Palissy).
[2] Bibliothécaire du Vatican, 1541-1596 (Wiseman).
[3] Médecin italien, 1484-1549 (White).
[4] Il mourut à Amboise en 1519.

hypothèse qui s'impose : les montagnes où sont les coquillages étaient jadis des rivages battus par les flots, et depuis elles se sont élevées à la hauteur où nous les voyons aujourd'hui. »

Vinci donne dans ses *Cahiers* les plus sérieux et pratiques conseils à ses contemporains pour les engager à observer et à ne pas édifier des théories en l'air, à faire preuve de patience et de sincérité dans la recherche des solutions :

« ... S'il faut croire les Universités, est mécanique la connaissance qui naît de l'expérience, scientifique celle qui naît et finit dans l'esprit... Mais il me paraît à moi que ces sciences sont vaines et pleines d'erreurs qui ne sont pas nées de l'expérience, mère de toute certitude, et qui ne se terminent pas par une expérimentation définie (*che non terminano in nota experientia*), c'est-à-dire dont le milieu et la fin ne passent pas par un des cinq sens... »

Bernard Palissy visita nos Faluns en 1547. On sait qui était Palissy; un homme sans éducation première, ignorant le latin et la philosophie, mais doué d'une sagacité qui confinait au génie. Il fut un des scrutateurs de la Nature les plus étonnants et indiqua comment les divers niveaux qui constituent les parties solides des continents se sont superposés. Palissy a laissé sous ce titre *Les Pierres* des dialogues entre *Théorique*, pédagogue ignorant, représentant la Scolastique pédantesque de l'époque, et *Pratique*, c'est-à-dire Palissy lui-même, qui, avec son bon sens, renverse les raisonnements faux et ne laisse aucun répit à son interlocuteur.

... PRATIQUE. — Or, j'ai vu autrefois un livre que Cardan avoit fait imprimer des subtilitez où il traite de la cause pourquoi il se trouve un grand nombre de coquilles pétrifiées jusqu'au sommet des montagnes et mesme dans les rochers : je fus fort aise de voir une faute si lourde pour avoir occasion de contredire un homme tant estimé ; d'autre costé, j'estois fasché de ce que les livres des autres philosophes n'estoyent traduits en français comme cestuy-là pour voir si d'aventure j'eusse peu contredire comme je contredis à Cardan sur le fait des coquilles lapifiées.

THÉORIQUE. — Et comment ! Voudrois-tu contredire à un tel sçavant personnage, toy qui n'es rien ?...

PRATIQUE. — En ce qu'il dit que les coquilles pétrifiées qui estoyent esparses par l'Univers, estoyent venues de la mer ès jours du déluge, lors que les eaux surmontèrent les plus hautes montagnes, et comme les eaux couvroient toute la terre, les poissons de la mer se dilatoyent par tout l'univers, et que la mer estant retirée en ses limites, elle laissa les poissons : et les poissons portant coquilles se sont réduits en pierre sans changer de forme. Voilà l'opinion et la sentence de M. Cardan... Et quand est du poisson portant coquilles, au temps de la tourmente ils s'attachent contre les rochers en telle sorte que les vagues ne les sçauroyent arracher, et plusieurs autres poissons se cachent au fond de la mer, auquel lieu les vents n'ont aucune puissance d'esbranler ni l'eau, ni le poisson. Voilà une preuve suffisante pour nier que les poissons de la mer se soyent espandus par la terre ès jours du Déluge. Si Cardanus eust regardé le livre de la Genèse, il eust parlé autrement : car là Moyse rend témoignage qu'ès jours du Déluge les abymes et ventailles du ciel furent ouvertes, et plent l'espace de quarante jours, lesquelles pluyes et abymes amenèrent les eaux sur la terre et non pas le débordement de la mer.

THÉORIQUE. — Mais d'où voudrois-tu dire la cause de ces coquilles dedans les pierres, si ce n'est par le moyen que Cardanus a escrit?

PRATIQUE. — Si tu avois bien considéré le grand nombre de coquilles pétrifiées, qui se trouvent en la terre, tu connoistrois que la terre ne produit guères moins de poissons portant coquilles que la mer : comprenant en icelle les rivières, fontaines et ruisseaux. L'on voit aux estangs et ruisseaux plusieurs espèces de moules et autres poissons portant coquilles, que quand lesdites coquilles sont jetées en terre, si en icelle il y a quelques semences salsitives, elles se viendront à pétrifier.

THÉORIQUE. — Je ne croirai jamais qu'en la terre se trouve presqu'autant de poissons portant coquilles que dans la mer, et l'on sçait bien qu'il n'y a endroit en la mer qui n'en soit tout remply et que dans la terre ou es rivières il n'y en peut avoir qu'en certains lieux et bien rarement.

PRATIQUE. — Je maintiens que les poissons armez et lesquels sont pétrifiés en plusieurs carrières ont esté engendrez sur le lieu mesme, pendant que les rochers n'estoyent que de l'eau et de la vase, lesquels depuis ont esté pétrifiés avec les dits poissons...

THÉORIQUE. — Par ce propos tu n'as rien fait contre l'opinion de Cardan ; car tu n'as pas dit la cause de la pétrification des coquilles.

PRATIQUE. — La cause que je pense estre la plus certaine est, qu'il y a eu autrefois quelque grand lac auquel les dits poissons estoyent en aussi grand nombre que l'on y trouve leurs coquilles. Et parce que le dit lac estoit remply de quelque semence salsitive et générative, iceluy depuis s'est congelé à sçavoir l'eau, la terre et les poissons... Et voilà pourquoy l'on trouve communément ès rochers de la mer de toutes espèces de poissons porteurs de coquilles. Il s'ensuit donc que, après que l'eau a deffailly ausdits poissons et que la terre et vase où ils habitoyent s'est pétrifiée par la mesme vertu générative des poissons, il se trouve autant de coquilles pétrifiées dedans la pierre qui a été congelée des dites vases comme il y avoit de poissons en icelle, et la vase et les coquilles ont changé de nature par une mesme vertu et par une mesme cause efficiente... Et parce qu'il se trouve aussi des pierres remplies de coquilles jusques au sommet des plus hautes montagnes, il ne faut que tu penses que lesdites coquilles soient formées, comme aucuns disent que la nature se jouë à faire quelque chose de nouveau. Quand j'ay eu de bien près regardé aux formes des pierres, j'ay trouvé que nulle d'icelles ne peut prendre forme de coquille ni d'autre animal si l'animal mesme n'a basti sa forme : parquoy il faut croire qu'il y a eu jusques au plus haut des montagnes des poissons armez et autres qui se sont engendrez dedans certains cassars ou réceptacles d'eau, laquelle eau meslée de terre et d'un sel congélatif et génératif, le tout s'est réduit en pierre avec l'armure du poisson, laquelle est demeurée en sa forme... »

Palissy ne se contenta pas d'écrire sur l'Histoire naturelle; il forma à Paris la première collection de cette science, — le premier « Cabinet », comme on disait alors, — il y réunit des formes intéressantes, et il donna, de 1575 à 1584, une suite de conférences qui furent suivies par tout ce que Paris contenait alors de savants : les deux médecins de la Reine de Navarre, le médecin de Monsieur, « dix autres médecins doctes, » les chirurgiens du Roi, des gentilshommes, dont un Tourangeau, M. de La Roche-Larier, etc. Ces leçons furent les premières qui eurent lieu publiquement en France, sur les Sciences physiques et naturelles. Présentant des idées neuves, Palissy fut critiqué avec la plus grande violence; mais il fut inébranlable dans l'intérêt de la Science et de la Vérité.

Nous rappelons que les belles œuvres de poterie de Bernard Palissy étaient décorées de Pecten et de Volutes reproduisant

Pecten des Faluns.

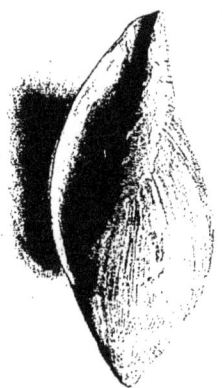

Voluta des Faluns.

nos fossiles de Touraine, ainsi que ceux de Grignon. Ces jolis motifs de décoration, inspirés de nos Faluns, furent imités dans toute l'Europe civilisée pendant la période de la Renaissance.

Palissy avait parlé avec netteté, ce nous semble. Cependant Van Helmont[1], Fabius Colonna[2] et Boccone[3], tout en admettant que les coquilles fossiles sont bien des restes d'animaux, les croient transportées par le déluge Mosaïque. Nous n'en avons pas fini,

[1] Chimiste belge, 1577-1642.
[2] Botaniste napolitain, 1567-1650.
[3] Naturaliste italien, 1633-1703.

du reste, avec la fantaisie! Edward Lhwyd[1] dans son ouvrage *le Lythophylocium* (1699), nous expose une théorie singulière pour expliquer l'organisation des êtres :

« Des individus vivants ou déjà en décomposition, s'élèvent des germes invisibles, lesquels, dilués par l'eau, suintent le long des rochers et des montagnes qu'ils pénètrent. Agissant sur les matériaux du voisinage, ils développent de quelque manière aux dépens de la terre, qu'ils conglomèrent, des formes semblables à celles des vivants... »

Sténon[2] avait laissé entrevoir, dans un Mémoire publié à Florence en 1669, que les fossiles pourraient servir à faire connaître l'âge relatif et la succession des terrains dans lesquels ils sont enfouis. Il soutint que, quand un corps solide est entouré par un autre, c'est celui qui est à l'intérieur qui est le plus ancien; ainsi le fossile est plus vieux que la roche. Scilla[3] développa les mêmes pensées et réfuta avec vigueur l'idée de la végétation spontanée des fossiles.

Woodward[4], dans son ouvrage *Géographie physique ou Essai sur l'Histoire naturelle de la Terre* (1695), prétendit que le globe terrestre avait été dissous et mollifié par le Déluge. qui l'avait rendu stérile. Cependant il maintint que les coquilles étaient de vraies et réelles coquilles ayant contenu des êtres vivants. John Ray[5] (*Wisdom of God manifested in the works of Creation*), tout en reconnaissant comme une loi que les êtres vivants reproduisent des individus semblables à eux-mêmes, n'hésite pas à dire encore que les coquilles fossiles sont des jeux de la nature, des coquilles imitées, et qu'elles n'ont pas contenu des êtres ayant eu vie.

Bonani[6] soutint les mêmes erreurs; pour lui, les coquilles sont des effets du hasard : *Recreatio mentis et oculi*. La terre peut les produire par des sels. Martin Lister[7] (*Præfectione Cochlitarum Angliæ*, 1695) est du même sentiment : les coquilles sont des pierres produites naturellement et spontanément par la terre.

Les ossements fossiles, comme les coquilles elles-mêmes, ont donné lieu jusqu'à nos temps actuels à toutes sortes de légendes

[1] Antiquaire gallois, 1670-1709 (Houssay).
[2] Anatomiste danois, fut évêque et cardinal, 1631-1687 (Houssay).
[3] Peintre et naturaliste sicilien, 1635-1700 (White).
[4] Médecin et naturaliste anglais, 1665-1722 (d'Argenville).
[5] Naturaliste anglais, 1688-1765 (Périer).
[6] Naturaliste français, 1710-1786 (d'Argenville).
[7] Médecin et naturaliste anglais, 1639-1712 (d'Argenville).

et d'histoires fabuleuses. L'existence des grands Mammifères et des énormes Sauriens des temps passés étant inconnue, on prit ces ossements étranges pour des restes d'une race humaine gigantesque. On en trouva partout : à Trapani, à Palerme... Il en fut découvert près de Lucerne, et le célèbre médecin Platé[1] ayant déclaré que c'étaient bien là les restes d'un homme d'une taille extraordinaire, la ville de Lucerne adopta l'image de ce prétendu géant comme support à ses armes. En 1524, une découverte du même genre eut lieu à Valence, sur les bords du Rhône. J. Cassanione[2] écrivit sur ces restes son traité *de Gigantibus* (1587).

En janvier 1613, les ouvriers d'une sablonnière située près de Chaumont, en Dauphiné, trouvèrent d'énormes ossements qui furent le sujet d'un gros ouvrage de Jacques Tissot (*Histoire véritable du géant Teutobocus, roi des Cimbres*, etc. Paris, 1613). Un chirurgien du pays, nommé Mazurier, s'empara de ces os, qu'il promena et montra à son profit dans beaucoup de villes de France et d'Allemagne, débitant des boniments fabuleux sur le tombeau de Teutobocus et les médailles à l'effigie de Marius qu'on y avait trouvées. Au xviiie siècle, Dom Calmet[3] eut l'occasion de voir ces os et affirma qu'ils étaient bien ceux du Roi Teutobocus. Le squelette en question est égaré aujourd'hui. Cependant on pense pouvoir l'identifier avec des restes de Mastodonte qui étaient à Bordeaux, et furent apportés à Paris en 1832.

Les mêmes erreurs eurent lieu en Angleterre, où Increase Mathers[4] envoya des ossements énormes trouvés en Amérique. Le Père Torrubia[5], en Espagne, fit de semblables méprises[6], et des os de géants (?) de l'Écriture étaient encore vénérés il y a trente ans dans la cathédrale de Valencia, où nous eûmes le plaisir de les contempler.

En 1726, Scheuchzer[7] découvrit dans une carrière, près de la petite ville d'Œningen, un squelette remarquablement conservé. Il n'hésita pas à y reconnaître les restes de « l'Homme témoin du déluge » : *Homo diluvii testis*. Il donna à plusieurs reprises la

[1] 1536-1614.
[2] Érudit italien.
[3] Célèbre bénédictin, 1672-1757.
[4] Théologien américain, protestant, 1649-1723.
[5] 1680-1768.
[6] *Aparato para la historia natural Española*. Madrid, 1754.
[7] Professeur à Zurich, 1672-1733.

description de ces restes et publia une édition spéciale de la Bible
(Ulm, 1731), dans laquelle trente-quatre
gravures étaient consacrées au déluge et à
son témoin. L'Homme Fossile fit grand
bruit en Allemagne. Camper[1] osa examiner
le squelette avec des yeux non prévenus,
en 1787, et le déclara un reptile ou lézard.
Enfin Cuvier fit extraire les derniers vestiges
de l'antique animal, qu'il reconnut être
une énorme salamandre.

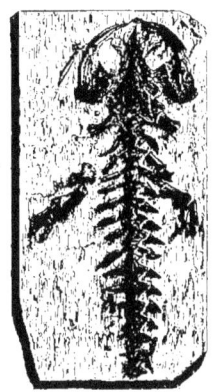

L'Homme témoin du Déluge.
d'après Scheuchzer.

Pendant ce même XVIIIᵉ siècle eut lieu
un autre épisode tragico-comique. Johann
Béringer, professeur à l'Université de
Wurtzbourg, absolument persuadé que les
fossiles étaient « des pierres d'une sorte
particulière que l'Auteur de la Nature avait
cachées pour son propre plaisir », voulut
faire partager cette opinion à ses élèves, qui se vengèrent en
fabriquant une collection de pseudo-fossiles en argile cuite avec
des inscriptions en hébreu et en syriaque, qu'ils enfouirent dans
la terre. Béringer découvrit ces merveilles, ne douta pas un instant de leur authenticité, et écrivit pour les expliquer un gros
ouvrage (*Lithographiæ Wirceburgensis specimen Primum*). A
l'apparition de cette belle mystification, il y eut en Allemagne et
dans le monde savant un gros éclat de rire; mais le pauvre auteur,
après s'être ruiné à essayer de racheter les exemplaires épars de
son œuvre, mourut de chagrin.

[1] Anatomiste danois. 1722-1789.

CHAPITRE II

NAISSANCE DES IDÉES MODERNES

En 1712, l'intendant de Touraine, Bernard de Chauvelin[1], appela dans notre pays, sur la demande des habitants du plateau de Bossée, l'illustre Réaumur[2], qui visita les Falunières et rendit compte, en 1720, à l'Académie des Sciences de Paris. de ce qu'il avait remarqué. Réaumur est surtout préoccupé du côté économique[3]; mais, dans son Mémoire, il constate cependant :

« Que les rivages de la mer ont souvent changé, qu'il serait intéressant de suivre cette transformation, de savoir exactement où étaient ces rivages, d'en dresser une sorte de carte. »...

Réaumur se demande comment le Golfe de Touraine, dont il reconnaît l'existence, tenait à l'Océan. Il trouve, pour faire arriver la mer dans la vallée de la Loire, un système singulier ; il fait partir de la Manche, près de Dieppe, un courant violent qui passe par Paris, Chartres, la Touraine, le Poitou, rejoint l'Océan Atlantique près des Sables-d'Olonne, et parsème, dans les dépressions du sol, les coquilles de calcaire grossier de Paris, les oursins de Chartres, nos Faluns et les Cornes d'Ammon de Niort! Ces coquilles sont arrivées flottantes, se sont déposées par lits successifs, et les eaux ne les ont point remportées. Réaumur, du reste, s'extasie sur cette singularité des Faluns, qu'il dit n'exister dans aucun pays étranger, et admire « la richesse surprenante que cela amène dans ce canton de Touraine ».

Fontenelle[4] consacre à nos coquilles un Mémoire[5] qui reproduit l'opinion de Réaumur.

[1] Chevalier, seigneur de Beauséjour, conseiller au Parlement de Paris, intendant de Touraine de 1711 à 1717.
[2] Physicien et naturaliste français, 1683-1757.
[3] Voir citation, chap. viii.
[4] Membre de l'Académie des Sciences, 1657-1757.
[5] Membre de l'Académie des Sciences, 1720.

« Ce doit être une chose étonnante que le sujet des observations présentes de M. de Réaumur : une masse de 130,680,000 toises cubiques, enfouies sous terre, qui n'est qu'un amas de coquilles ou de fragments de coquilles, sans nul mélange de matières étrangères, ni pierre, ni terre, ni sable : jamais, jusqu'à présent, les coquilles fossiles n'ont paru en si énorme quantité, et jamais, quoique en une quantité beaucoup moindre, elles n'ont paru sans mélange. C'est en Touraine que se trouve ce prodigieux amas, à plus de trente-six lieues de la mer : on l'y connaît parce que les paysans de ce canton se servent de ces coquilles, qu'ils tirent de terre, comme de marne pour fertiliser leurs campagnes, qui sans cela seraient absolument stériles. Nous laissons expliquer à M. de Réaumur comment ce moyen assez particulier, et en apparence assez bizarre, leur réussit ; nous nous renfermons dans la singularité de ce grand tas de coquilles.

« Ce qu'on tire de terre, et qui ordinairement n'y est pas à plus de huit ou neuf pieds de profondeur, ce ne sont que de petits fragments de coquilles, très reconnaissables pour en être, car ils ont des cannelures très bien marquées : seulement ils ont perdu leur luisant et leur vernis, comme presque tous les coquillages qu'on trouve en terre, qui doivent y avoir été longtemps enfouis. Les plus petits fragments, qui ne sont que de la poussière, sont encore reconnaissables pour être des fragments de coquilles, parce qu'ils sont parfaitement de la même matière que les autres ; quelquefois il se trouve des coquilles entières. On reconnaît les espèces tant des coquilles entières que des fragments un peu gros : quelques-unes de ces espèces sont inconnues sur les côtes du Poitou, d'autres appartiennent à des côtes éloignées. Il y a jusqu'à des fragments de plantes marines pierreuses, telles que des madrépores, des champignons de mer, etc. ; toute cette matière s'appelle dans le pays du *Falun*.

« Le canton qui, dans quelque endroit qu'on le fouille, fournit du *Falun*, a bien neuf lieues carrées de surface. On ne perce jamais la minière de *Falun* ou *Falunière* au delà de vingt pieds. M. de Réaumur en rapporte les raisons, qui ne sont prises que de la commodité des laboureurs et de l'épargne des frais. Ainsi les Falunières peuvent avoir une profondeur beaucoup plus grande que celle qu'on leur connaît ; cependant nous n'avons fait le calcul des 130,680,000 toises cubiques que sur le pied de dix-huit pieds de profondeur et non pas de vingt, et nous n'avons mis la lieue qu'à 2.200 toises : tout a donc été évalué fort bas ; et peut-être l'amas de coquilles est-il beaucoup plus grand que nous ne l'avons pensé. Qu'il soit seulement double, combien la merveille augmente-t-elle !

« Toutes ces réflexions prouvent que, quoiqu'il ait dû rester et qu'il reste effectivement sur la terre beaucoup de vestiges du déluge universel rapporté par l'Écriture Sainte, ce n'est point ce déluge qui a produit l'amas des coquilles de Touraine ; peut-être n'y en a-t-il d'aussi grand amas dans aucun endroit du fond de la mer ; mais enfin le déluge ne les aurait pas arrachées, et, s'il l'avait fait, ç'aurait été avec une impétuosité et une violence qui n'auraient pas permis à toutes les coquilles d'avoir une même position : elles ont dû être apportées et déposées doucement, lentement, et par conséquent en un temps beaucoup plus long qu'une année.

« Il faut donc ou qu'avant ou qu'après le déluge, la surface de la terre ait été, du moins dans quelques endroits, bien différemment disposée de ce qu'elle est aujourd'hui, que les mers et les continents aient eu un autre arrangement, et enfin qu'il y ait eu *un grand golfe au milieu de la Touraine* ; les changements qui nous sont connus depuis le temps des Histoires ou des Fables qui ont quelque chose d'historique, sont à la vérité peu considérables; mais ils nous donnent lieu d'imaginer aisément ce que des temps plus longs pourraient amener. M. de Réaumur imagine comment *le golfe de la Touraine tenait à l'Océan*, et quel était le courant qui y charriait des coquilles; mais ce n'est qu'une simple conjecture, donnée pour tenir lieu du véritable fait inconnu, qui sera toujours quelque chose d'approchant. Pour parler sûrement sur cette matière, il faudrait avoir des espèces de cartes géographiques dressées selon toutes les minières de coquillages enfouis en terre : quelle quantité d'observations ne faudrait-il pas et quel temps pour les avoir! Qui sait cependant si les sciences n'iront pas un jour jusque-là, du moins en partie! »

C'est à cette époque que M. Le Royer de la Sauvagère, seigneur des Places, commune de Savigny, près de Chinon, commit la fameuse méprise qui a fait couler des flots d'encre : il vit (ou plutôt crut voir) dans la pièce d'eau de son parc des fossiles germer et pousser comme des plantes. Il convoqua ses voisins, ses vassaux, qui virent comme lui... la végétation spontanée des coquilles par intussusception. M. de la Sauvagère, qui tenait fort à sa découverte, écrivit[1] : « Le sol de ma pièce d'eau des Places s'est métamorphosé deux fois, en quatre-vingts ans, en une croûte lapidifique de neuf, dix et douze pouces d'épaisseur, formée de coquilles qui s'étaient formées, spontanément, comme des fossiles de nos coteaux. »

Arrivant à l'opinion de Voltaire[2], nous nous trouvons encore dans le domaine de la fantaisie : philosophe et non homme de science, il combattit et même nia les résultats des découvertes géologiques de son temps[3].

« Il est arrivé aux coquilles la même chose qu'aux anguilles, elles ont fait éclore des systèmes nouveaux. On trouve dans quelques endroits du globe des amas de coquillages, on voit dans quelques autres des huîtres pétrifiées. De là on conclut que, malgré les lois de la gravitation et celle des fluides, et malgré la profondeur du lit de l'Océan, la mer avait couvert toute la terre il y a quelques millions d'années. La mer, ayant inondé ainsi successivement la terre, a formé des montagnes par ses courants, par ses marées, et quoique son flux ne s'élève qu'à la hauteur de quinze pieds dans ses plus hautes intumescences sur nos côtes, elle a produit des roches hautes de dix-huit mille pieds !

« ... Si la mer a été partout, il y a eu un temps où le monde n'était peuplé que de poissons. Peu à peu les nageoires sont devenues des bras; la queue fourchue, s'étant allongée, a formé les cuisses et les jambes; enfin les poissons sont devenus des hommes, et tout cela s'est fait en conséquence des coquilles qu'on a déter-

---

[1] *Recherches historiques et critiques*, 1776.
[2] 1674-1778.
[3] *Singularités de la nature*. Physique, 1768-1780.

rées!... Il y a, dit-on, des débris immenses de coquilles près de Maestricht. Je
ne m'y oppose pas, quoique je n'en aie vu qu'une très petite quantité. La mer a
fait d'horribles ravages dans ces quartiers-là ; elle a englouti la moitié de la Frise ;
elle a couvert des terrains autrefois fertiles, elle en a abandonné d'autres. C'est
une vérité reconnue, personne ne conteste les changements arrivés sur la surface
du globe dans une longue suite de siècles...

« On prétend qu'il y a des fragments de coquilles à Montmartre et à Courta-
gnon, auprès de Reims ; on en rencontre presque partout, mais pas sur la cime
des montagnes, comme le suppose le système de Maillet. Il n'y en a pas une seule
sur la chaîne des hautes montagnes depuis la Sierra Morena jusqu'à la dernière
cime de l'Apennin. J'en ai fait chercher sur le mont Saint-Gothard, sur le Saint-
Bernard, dans les montagnes de la Tarentaise : on n'en a pas découvert. Un seul
physicien m'a écrit qu'il a trouvé une écaille d'huître pétrifiée vers le Mont-Cenis.
Je dois le croire, et je suis très étonné qu'on n'en ait pas vu des centaines ; les lacs
voisins nourrissent de grosses moules dont les écailles ressemblent parfaitement
aux huîtres ; on les appelle de petites huîtres dans plus d'un canton...

« Est-ce d'ailleurs une idée tout à fait romanesque de faire réflexion sur la foule
innombrable de pèlerins qui partaient à pied de Saint-Jacques en Galice et de
toutes les provinces pour aller à Rome par le Mont-Cenis, chargés de coquilles à
leur bonnet? Il en venait de Syrie, d'Égypte, de Grèce, comme de Pologne et
d'Autriche. Le nombre des Romipètes a été mille fois plus considérable que celui
des Hagi (sic) qui ont visité la Mecque et Médine, parce que les chemins de
Rome sont plus faciles et qu'on n'était pas forcé d'aller par caravanes. En un
mot, une huître près du Mont-Cenis ne prouve pas que l'Océan Indien ait enve-
loppé toutes les terres de notre hémisphère.

« On rencontre quelquefois, en fouillant la terre, des pétrifications étrangères,
comme on rencontre dans l'Autriche des médailles frappées à Rome ; mais pour
une pétrification étrangère, il y en a mille de nos climats...

« On découvrit, ou l'on crut découvrir, il y a quelques années, les ossements
d'un renne et d'un hippopotame, près d'Étampes, et de là on conclut que le Nil
et la Laponie avaient été autrefois sur le chemin de Paris à Orléans. Mais on
aurait dû plutôt soupçonner qu'un curieux avait eu autrefois dans son cabinet
le squelette d'un renne et celui d'un hippopotame. Cent exemples pareils invitent
à examiner longtemps avant que de croire...

« Mille endroits sont remplis de mille débris de testacés, de crustacés, de
pétrifications. Mais remarquons, encore une fois, que ce n'est presque jamais ni
sur la croupe, ni dans les flancs de cette continuité de montagnes dont la surface
du globe est traversée ; c'est à quelques lieues de ces grands corps, c'est au
milieu des terres, c'est dans les cavernes, dans les lieux où il est très vraisemblable qu'il y avait de petits lacs qui ont disparu, de petites rivières dont les
cours ont changé, des ruisseaux considérables dont la source est tarie. Vous y
voyez des débris de tortues, d'écrevisses, de moules, de colimaçons, de petits
crustacés de rivières, de petites huîtres semblables à celles de Lorraine ; mais de
véritables corps marins, c'est ce que vous ne voyez jamais. S'il y en avait, pourquoi n'aurait-on jamais vu d'os de chiens marins, de requins, de baleines? Vous
prétendez que la mer a laissé dans nos terres des marques d'un très long séjour.
Le monument le plus sûr serait assurément un amas de marsouins au milieu de
l'Allemagne : car vous en voyez des milliers se jouer sur la surface de la Mer

Germanique, dans un temps serein. Quand vous les aurez découverts et que je les aurai vus à Nuremberg et à Francfort, je vous croirai ; mais en attendant, permettez-moi de ranger la plupart de ces suppositions avec celles du vaisseau pétrifié trouvé dans le canton de Berne à cent pieds sous terre, tandis qu'une de ses ancres était sur le mont Saint-Bernard.

« J'ai vu quelquefois des débris de moules et de coquillages qu'on prenait pour des coquilles de mer. Si on songeait seulement que dans une année pluvieuse il y a plus de limaçons dans dix lieues de pays que d'hommes sur la terre, on pourrait se dispenser de chercher ailleurs l'origine des fragments de coquillages dont les bords du Rhône et d'autres rivières sont tapissés dans l'espace de plusieurs milles. Il y a beaucoup de ces limaçons dont le diamètre est de plus d'un pouce. Leur multitude détruit quelquefois les vignes et les arbres fruitiers. Les fragments de leurs coques endurcies sont partout. Pourquoi donc imaginer que ces coquillages des Indes sont venus s'amonceler dans nos climats, quand nous en avons chez nous par millions ? Tous ces petits fragments de coquilles, dont on a fait tant de bruit pour accréditer un système, sont pour la plupart si informes, si usés, si méconnaissables, qu'on pourrait également parier que ce sont des débris d'écrevisses ou de crocodiles, ou des ongles d'autres animaux. Si on trouve une coquille bien conservée dans le cabinet d'un curieux, on ne sait d'où elle vient, et je doute qu'elle puisse servir de fondement à un système de l'univers... Je ne nie pas encore une fois, qu'on ne rencontre à cent milles de la mer quelques huîtres pétrifiées, des conques, des univalves, des productions qui ressemblent parfaitement aux productions marines ; mais est-on bien sûr que le sol de la terre ne peut enfanter ces fossiles ? La formation des agates arborisées ou herborisées ne doit-elle pas nous faire suspendre notre jugement ? Un arbre n'a point produit l'agate qui représente parfaitement un arbre ; la mer peut aussi n'avoir point produit ces coquilles fossiles qui ressemblent aux habitations des petits animaux marins. L'expérience suivante en peut rendre témoignage : M. Le Royer de la Sauvagère, Ingénieur en chef et de l'Académie des Belles-Lettres de La Rochelle, seigneur de la terre des Places en Touraine, auprès de Chinon, atteste qu'auprès de son château une partie du sol s'est métamorphosée deux fois en un lit de pierre tendre dans l'espace de quatre-vingts ans. Il a été témoin lui-même de ce changement. Tous ses vassaux et tous ses voisins l'ont vu. Il a bâti avec cette pierre, qui est devenue très dure étant employée. La petite carrière dont on l'a tirée commence à se former de nouveau. Il y renaît des coquilles, qui d'abord ne se distinguent qu'avec un microscope et qui croissent avec la pierre. Ces coquilles sont de différentes espèces : il y a des Ostracites, des Gryphites, qui ne se trouvent dans aucune de nos mers ; des Cames, des Télines, des Cœurs, dont les germes se développent insensiblement et s'étendent jusqu'à six lignes d'épaisseur. N'y a-t-il pas là de quoi étonner du moins ceux qui affirment que tous les coquillages qu'on rencontre dans quelques endroits de la terre y ont été déposés par la mer ? Si on ajoute, à tout ce que nous avons déjà dit, ce phénomène de la terre des Places ; si, d'un autre côté, on considère que le fleuve de Gambie et la rivière de Bissao sont remplis d'huîtres, que plusieurs lacs en ont fourni autrefois et en ont encore, ne sera-t-on pas porté à suspendre son jugement ? Notre siècle commence à bien observer : il appartiendra aux siècles suivants de décider ; mais probablement on sera un jour assez savant pour ne décider pas !... »

« On regarde enfin le Falun comme le monument le plus incontestable de ce séjour de l'Océan sur notre continent dans une multitude prodigieuse des siècles, et la raison, c'est qu'on prétend que cette mine est composée de coquilles pulvérisées. Certainement, si à trente-six lieues de la mer il était d'immenses bancs de coquillages marins, s'ils s'étaient posés à plat par couches régulières, il serait démontré que ces bancs ont été les rivages de la mer, et il est d'ailleurs très vraisemblable que les terrains bas et plats ont été tour à tour couverts et dégagés des eaux jusqu'à trente ou quarante lieues ; c'est l'opinion de toute l'antiquité ; une mémoire confuse s'en est conservée, et c'est ce qui a donné lieu à tant de fables. C'est aussi ce que Pythagore s'explique dans Ovide, Métamorphose xv...

« De l'autre côté, ces prétendus bancs de coquilles à trente à quarante lieues de la mer méritent le plus sérieux examen. J'ai fait venir de cette province (la Touraine), dont je suis éloigné de cent cinquante lieues, une caisse de Faluns. Le fond de cette minière est évidemment une espèce de terre calcaire et marneuse, mêlée de talc, laquelle a quelques lieues de longueur sur une demi de largeur. Les morceaux purs de cette terre sont un peu salés au goût. Les laboureurs l'emploient pour féconder leurs terres, et il est très vraisemblable que son sel les fertilise : on en fait autant dans mon voisinage avec du gypse. Si ce n'était qu'un amas de coquilles, je ne vois pas qu'il pût fumer la terre. J'aurais beau jeter dans mon champ toutes les coques desséchées des limaçons et des moules de ma province, ce serait comme si j'avais semé sur des pierres.

« Tout ce que ces coquillages pourraient opérer, ce serait de diviser une terre trop compacte. On en fait autant avec du gravier. Des coquilles fraîches et pilées pourraient servir par leur huile ; mais des coquillages desséchés ne sont bons à rien. Quoique je sois sûr de peu de choses, je puis affirmer que je mourrais de faim si je n'avais pour vivre qu'un champ de vieilles coquilles cassées.

« En un mot, il est certain, autant que mes yeux peuvent avoir de certitude, que cette marne est une espèce de terre et non pas un assemblage d'animaux marins qui seraient au nombre de plus de cent mille milliards de milliards. Je ne sais pourquoi l'académicien (Réaumur), qui le premier après Palissy fit connaître cette singularité de la nature, a pu dire : « Ce ne sont que de petits frag« ments de coquilles, très reconnaissables pour en être des fragments ; car ils ont « leurs cannelures très marquées ; seulement ils ont perdu leur luisant et leur « vernis. »

« Il est reconnu que, dans cette mine de pierres calcaires et de talc, on n'a jamais vu une seule coquille d'huîtres, mais qu'il y en a quelques-unes de moules, parce que cette mine est entourée d'étangs, cela seul décide la question contre Bernard Palissy et détruit tout le merveilleux que Réaumur et ses imitateurs ont voulu y mettre... Si quelques petits fragments de coquilles mêlés à la terre marneuse étaient réellement des coquilles de mer, il faudrait avouer qu'elles sont dans cette falunière depuis des temps reculés qui épouvantent l'imagination, et que c'est un des monuments les plus anciens des révolutions de notre globe. Mais aussi comment une production enfouie à quinze pieds en terre pendant tant de siècles peut-elle avoir l'air si nouveau ? Comment y a-t-on trouvé la coquille d'un limaçon toute fraîche ? Pourquoi la mer n'aurait-elle confié ces coquilles Tourangeotes qu'à ce seul petit morceau de terre et non ailleurs ? N'est-il pas de la plus extrême vraisemblance que ce Falun qu'on avait pris pour un réservoir à petits poissons n'est précisément qu'une mine de pierre calcaire d'une médiocre étendue ? D'ailleurs l'expérience de M. de la Sauvagère, qui *a eu* des coquillages se former dans une pierre tendre et qui en rend témoignage avec ses voisins, ne doit-elle pas au moins nous inspirer quelques doutes...? Voici une autre difficulté, un autre sujet de douter ; on trouve entre Paris et Arcueil, sur la rive gauche de la Seine, un banc de pierres très long tout parsemé de coquilles maritimes ou qui du moins leur ressemblent parfaitement. On m'en a envoyé un morceau pris au hasard à cent pieds de profondeur ; il s'en faut bien que les coquilles y soient amoncelées par couches ; elles y sont éparses et dans la plus grande confusion. Cette confusion seule contredit la régularité prétendue qu'on attribue au Falun de Touraine. Enfin, si ce Falun a été produit à la longue dans la mer, elle est donc venue à près de quarante lieues dans un pays plat, et elle n'y a pas formé de montagnes. Il n'est donc nullement probable que les montagnes soient des productions de l'Océan. De ce que la mer serait venue à quarante lieues, s'ensuivrait-il qu'elle aurait été partout ?...

« Avant que Bernard Palissy eût prononcé que cette mine de marne de trois lieues d'étendue n'était qu'un amas de coquilles, les agriculteurs étaient dans l'usage de se servir de cet engrais et ne soupçonnaient pas que ce fussent uniquement des coquilles qu'ils employassent. N'avaient-ils pas des yeux ?...

« Maillet[1] a vu au Grand Caire des coquilles ; il en a conclu que la mer a couvert Memphis pendant des siècles, et que tous les hommes viennent des poissons ! »

Mais Buffon veillait. Il avait visité notre Touraine au cours des nombreux voyages qu'il fit avant d'écrire son grand ouvrage sur la *Théorie de la Terre*, 1749. Il avait eu connaissance de l'opinion de Réaumur, de celle de Fontenelle, et il les reproduisit. Ayant lu le délicieux écrit de Voltaire, — a-t-on jamais mis plus d'esprit à la défense d'une plus mauvaise cause ! — paru d'abord sans nom d'auteur et intitulé *Lettre italienne*, il le réfute et se donne la joie de railler les poissons gâtés et les coquilles des pèlerins. En passant, il donne un coup de patte à La Loubère[2], qui raconte dans son voyage à Siam que les singes du cap de Bonne-Espérance s'amusaient continuellement à transporter des coquilles du rivage de la mer au haut des montagnes, et de la belle théorie que l'auteur construit sur ce fait...

« J'ai souvent examiné[3] des carrières du haut en bas, dont les bancs étaient remplis de coquilles ; j'ai vu des collines entières qui en étaient composées, des chaînes de rochers qui en contiennent une grande quantité dans toute leur étendue. Le volume des productions de la mer est étonnant, et le nombre des dépouilles de ces animaux marins est si prodigieux, qu'il n'est guère possible d'imaginer qu'il puisse y en avoir davantage dans la mer. C'est en considérant cette multitude innombrable de coquilles et d'autres productions marines qu'on

[1] Consul général en Égypte, 1656-1738.
[2] *Description du pays de Siam*. Amsterdam, 1700 (Buffon).
[3] *Théorie de la Terre*, 1749.

ne peut pas douter que notre terre n'ait été pendant un très long temps un fond de mer, peuplé d'autant de coquillages que l'est actuellement l'Océan ; la quantité en est immense, et naturellement on n'imaginerait pas qu'il y eût dans la mer une multitude aussi grande d'animaux ; ce n'est que par celle des coquilles fossiles et pétrifiées qu'on trouve sur la terre que nous pouvons en avoir une idée. En effet il ne faut pas croire, comme se l'imaginent tous les gens qui veulent raisonner de cela sans avoir rien vu, qu'on ne trouve ces coquilles que par hasard, qu'elles sont dispersées çà et là, ou tout au plus par petits tas, comme des coquilles d'huîtres jetées ; c'est par montagnes qu'on les trouve, c'est par bancs de cent à deux cents lieues de longueur, c'est par collines et par provinces qu'il faut les toiser, souvent sur une épaisseur de cinquante ou soixante pieds, et c'est d'après ces faits qu'il faut raisonner.

« Il y a une quantité de coquilles bien conservées dans les marbres, dans les pierres à chaux, dans la craie, dans les marnes, etc. Elles font souvent plus de la moitié du volume des matières où elles sont contenues ; elles paraissent la plupart bien conservées ; d'autres sont en fragments, mais assez gros pour qu'on puisse reconnaître à l'œil l'espèce de coquille à laquelle ces fragments appartiennent, et c'est là où se bornent les observations et les connaissances que l'inspection peut nous donner. Mais je vais plus loin : je prétends que les coquilles sont l'intermède que la nature emploie pour former la plupart des pierres ; je prétends que les craies, les marnes et pierres à chaux ne sont composées que de poussière et de détriment de coquilles ; que, par conséquent, la quantité de coquilles détruites est infiniment plus considérable que celle des coquilles conservées.

« La multiplication de ces animaux à coquilles est si prodigieuse, qu'en s'amoncelant ils élèvent encore aujourd'hui en mille endroits des récifs, des bancs, des hauts-fonds, qui sont les sommets des collines sous-marines, dont la base et la masse sont également formées de l'entassement de leurs dépouilles. Et combien dût être encore immense le nombre de ces ouvriers du vieil Océan dans le fond de la Mer Universelle, lorsqu'elle saisit tous les principes de fécondité répandus sur le globe animé de sa première chaleur ! La pétrification des fossiles est le grand moyen dont la Nature s'est servi, et dont elle se sert pour conserver à jamais les empreintes des êtres périssables ; c'est en effet par elle que nous connaissons ses plus anciennes productions et que nous avons une idée de ces espèces maintenant anéanties, dont l'existence a précédé celle de tous les êtres actuellement vivants ou végétants ; ce sont les seuls monuments des premiers âges du monde ; leur forme est une inscription authentique qu'il est aisé de lire en la comparant avec les formes des corps organisés du même genre... »

Buffon ayant affirmé et prouvé absolument que les coquilles fossiles étaient de *vraies coquilles* et que leur origine était *marine,* ce fut un *fait acquis.* Après lui (sauf Chateaubriand, un poète!), personne ne crut plus aux jeux de la nature, aux fausses coquilles et autres rêveries. Buffon, Réaumur et Fontenelle touchent même un instant à la solution véritable de l'énigme tourangelle en parlant d'un *golfe de la Touraine;* mais ils présentent cette idée comme une conjecture seulement. Ce ne fut pas la seule erreur de Buffon. Il pensa que les animaux fossiles étaient à peu près tous des mêmes espèces que les organismes vivants; s'il avait étudié ce point spécial avec plus de pénétration et de suite, il eût remarqué que beaucoup de fossiles étaient d'espèces éteintes, fait que Lamarck et Cuvier démontrèrent un peu plus tard, et il eût pu percevoir l'idée d'évolution, entrevue par Maillet, mais qui dut attendre Lamarck pour être produite.

M. de Gensanne[1], qui avait visité nos gîtes faluniens et spécialement les environs de Doué, donne une description intéressante du pays[2] :

« A deux lieues de Saumur, près de Doué, il y a un banc de coquillages très étendu presque sans mélange de substances étrangères, la plupart entiers et bien conservés. Ces Faluns renferment un très grand nombre de coquilles de différentes espèces, des ossements de vertébrés marins, des dents de Requins ou Glossopètres, des Oursins, etc. Toutes les couches sont disposées par ondes régulières, telles qu'une mer médiocrement agitée a dû les arranger, à mesure que ces coquillages étaient déposés par les Testacés qui vivaient dans ces parages. Ce banc, qui a jusqu'à soixante ou quatre-vingts pieds d'épaisseur, est assis sur un fond de vase noire qui constitue un des meilleurs engrais pour la culture des terres. Les maisons du village souterrain de Soulanget[3] sont toutes taillées dans ce Falun, et les ouvertures supérieures des cheminées se voient à fleur de terre ; ce qu'il y a de plus singulier, c'est que ces habitations souterraines ne sont ni humides ni malsaines. Auprès des murs de Doué un amphithéâtre a été taillé par les Romains dans ce même banc de Faluns... »

D'Argenville[4] et Favanne, dans leur bel ouvrage (*Conchyliologie*, 1780, t. 1), croient utile de réfuter encore l'idée du renouvellement par elles-mêmes des coquilles fossilifiées, en même temps qu'ils décrivent nos Falunières :

« En France, dans la province de Touraine, depuis la petite ville de Sainte-Maure jusqu'au Mantelan (*sic*), il y a un canton d'environ neuf lieues en carré, éloigné de plus de trente lieues de la mer, tout rempli de coquillages sans nul autre mélange ; on s'en sert comme d'une marne pour fertiliser la terre : ce qu'on appelle Falun ou Falunière... J'ai fait examiner par de bons physiciens les Falunières de Touraine et du Poitou, qui sont analogues aux carrières de Montesson ; les excavations considérables qu'on y a faites et qu'on y fait journellement pour l'engrais des terres ne se sont jamais remplies de coquillages depuis plusieurs siècles et sont toujours les mêmes...

---

[1] Minéralogiste, directeur des Mines du Languedoc, mort en 1788.
[2] *Histoire naturelle de la province du Languedoc*, disc. prél., 1776.
[3] C'est à Douces que sont les maisons souterraines.
[4] Desallien d'Argenville, 1680-1765.

A cinq lieues de Blois, dans le champ des grandes vignes dépendant de l'abbaye de Pontlevoi, on tire du sable qui parait être marin ; il est très estimé pour bâtir et tout semé de coquillages de mer, parmi lesquels on reconnaît plusieurs de l'Océan et de la Méditerranée. Des pierres singulières, semblables à celles des rivages de la mer, des ossements d'animaux aquatiques pétrifiés, des racines de plantes marines aussi pétrifiées, des masses de sable ; enfin des matières hétérogènes formant des galets cristallisés se voient fréquemment au même endroit. Les Fossiles arrangés dans des lits horizontaux sont souvent bien conservés ; d'autres sont brisés, mutilés et réduits en poudre. Les premiers sont dus au limon ou au sable dans lesquels ils ont été ensevelis, et dont la qualité peu corrosive, loin de les faire changer de nature, a contribué sûrement à leur conservation. Les seconds, mutilés et brisés, tels que nous les trouvons en Touraine et en Poitou, et qui dans cet état sont propres à engraisser des terres, ont certainement été exposés plus que d'autres à la violence des vents... »

D'Argenville nous renseigne sur les « Cabinets d'Histoire Naturelle » qui se trouvaient à Tours à cette époque. Il y en avait trois : l'un appartenant à M. Duverger, docteur en médecine ; le second à M. l'abbé Rose, et le troisième à M. Burdin père.

Dans la planche n° 29, consacrée par d'Argenville aux coquilles fossiles, nous pouvons reconnaître un certain nombre d'espèces appartenant aux Faluns et signalées comme découvertes à l'Abbaye de Pontlevoy (située dans le Blésois). Ce sont : *Murex Dujardini, Murex Ligeriensis, Melongena cornuta, Protoma bistriata, Cerithium papaveraceum, Clanculus baccatus, Trochus miliaris, Arca Noë*, et quelques formes peu déterminables de *Fissurella, Dentalium, Natica, Nerita*, etc.

Avec Bruguières[1], nous faisons enfin un immense pas en avant, quand il reconnaît, avec M. Odanel, qu'un bouleversement a élevé la surface de la terre et précipité la retraite des eaux. Dans le *Journal d'Histoire naturelle*[2], nous trouvons un rapport, fait par Bruguières, d'un *Mémoire sur les Faluns de Touraine* écrit par M. Odanel, savant Anglais qui avait séjourné dans notre province et visité nos Falunières :

« On nomme Falun ou Cron un sable grossier qui, conjointement avec le fumier et la marne, est employé à féconder la terre. Le Falun se trouve en abondance à Sainte-Maure (ferme du Grand-Houteau) et à Sainte-Catherine-de-Vert-Bois (*sic*). »

M. Odanel remarque que l'on fait l'extraction soit au printemps, soit en automne, et dit que c'est au moment même des fouilles que l'on obtient la meilleure récolte. Il critique M. de la Sauvagère, qui n'avait pas dû voir par lui-même le renouvellement de ses coquilles, puisqu'il les avoue si petites qu'on avait peine à les apercevoir, et dit que son système est aussi contraire à la saine philosophie qu'à la lumière de la raison aidée de l'observation... « Les coquilles des Faluns sont

---

[1] J.-G. Bruguières, voyageur et naturaliste, né à Montpellier, 1750-1799.
[2] Lamarck, Bruguières, O. Haüy et Pelletier, t. II, 1792.

maritimes ; elles ont été déposées en ces lieux par un bouleversement qui a élevé la surface de la terre solide et amené la retraite des eaux de la mer, et il est plus facile de croire que la mer a formé ce dépôt immense de coquillages et de leurs débris que de l'attribuer à une force végétale (*sic*) spontanée et contre nature... Ce monde n'est pas nouvellement fait, ni n'a toujours existé à l'état de repos ? qu'il a de nos jours et sous la forme extérieure que maintenant il présente... »

Nos coquilles continuent à occuper les savants. Faujas de Saint-Fond[1] les remarque et, dans son *Essai de géologie* (Paris, 1803), dit que de vastes plateaux de la Touraine sont jonchés de coquilles et en sont entièrement couverts à plusieurs toises d'épaisseur.

Veau de Launay[2] consacre à nos Faluns une note intéressante dans le *Journal de Physique et Chimie* (1805).

« Le département d'Indre-et-Loire abonde en coquilles fossiles ; on y trouve en différents endroits, surtout le long des coteaux de la Loire et du Cher, des traces non équivoques du long séjour qu'a fait la mer dans ces contrées. Beaucoup de pierres calcaires offrent des débris ou des empreintes de Vis, de Cames, de Pèlerines, de Buccardes, etc. ; telles sont celles appelées Concheveau (*Conchacium vallis*), vulgairement nommées « Écorcheveau ». On trouve le long de ces coteaux des Térébratules striées et des Huches à rateaux ; on y trouve fréquemment à l'état de silex des Polypiers Alcyonites, que leur forme fait nommer Ficoïdes, et d'autres différentes de formes très variées.

« L'amas le plus considérable que l'on connaisse des débris de coquilles se trouve dans le canton de Sainte-Maure, dans les communes de Manthelan, Bossée-Lignueil (*sic*), Sainte-Catherine. Ce canton peut être regardé comme le plateau le plus élevé du territoire méridional du département d'Indre-et-Loire. Il existe des plaines formées par des bancs de coquilles ; elles portent le nom de Fallun (*sic*). »

Veau de Launay fait une erreur assez considérable en nommant le « Polypier Ficoïde » parmi les Faluns. Le Ficus est un fossile de la craie, qu'on trouve, cela est vrai, dans nos Falunières ; mais il y est en mélange là où notre golfe des Faluns est venu raviner le continent de craie. (Voir page 86, ch. VI.)

Nous lisons dans le *Dictionnaire* de M. Dufour[3] une note assez particulière sur les Faluns.

M. Dufour, qui écrivait en 1812, n'est pas au courant des travaux faits pendant les vingt années qui précèdent son ouvrage.

---

[1] Géologue, administrateur du Muséum, 1741-1819.
[2] Médecin et physicien, né à Tours, 1756-1814.
[3] Dufour, contrôleur des contributions à Loches. *Dictionnaire historique, géographique, biographique et administratif du département d'Indre-et-Loire* (Letourny, Tours, 1812).

Il croit le golfe des Faluns un prolongement du *sinus Aquitanicus* dont parle Pline, et pense que dans les premiers temps historiques on avait le lointain souvenir de son existence.

Il mentionne Manthelan, « où se trouvent une très grande abondance de coquilles fossiles connues sous le nom de Falun et les plus gros échantillons de ces fossiles; La Chapelle-Blanche, et enfin Ligueil, où le Falun existe dans la partie nord-ouest du terroir [1]. »

A l'article *Bossée*, il dit :

« C'est une des communes dont le sol primitif ne se compose que de coquilles fossiles. Nulle part sur le globe elles ne se trouvent en aussi grande quantité que dans ce département. Elles y reposent presque sans nul mélange de pierres, de terre ou de sable. Cet amas considérable de coquilles, dont les débris sont connus sous le nom de *Falun*, comprend en général toutes celles marines, surtout dans les *univalves* et les *bivalves;* les *multivalves* y sont assez rares. On en trouve d'entières, mais dépourvues de leur nacre et de leur couleur; beaucoup sont d'une petitesse extrême, et ce sont celles-ci plus particulièrement qui, broyées en fragments très menus ainsi que celles de la famille des polypiers, servent aux agriculteurs pour l'amélioration de leurs terres. On rencontre aussi dans les Falunières des mâchoires de poissons garnies de leurs dents. Les coquilles que nous avons plus généralement observées sont les suivantes (nous suivons le système de conchyliologie d'Argenville) :

PREMIÈRE CLASSE (Univalves)

1. Pejoas, commun.
2. Oreille de mer (*Haliotis*), rare.
3. Vermiculaires-Polypiers, en grande abondance et très diversifiés.
4. Dentales (*Dentalium*), peu commun.
5. Limaçons (*Helix*), communs.
6. Buccins (*Nassa*), peu communs.
7. Vis (*Turritella*), communs.
8. Cornets ou volutes (*Conus, Voluta*), peu communs.
9. Cylindres ou rouleaux (*Terebra*), peu communs, Olives rares.
10. Murex ou Rochers (*Murex*), ceux d'une bonne grosseur, rares.
11. Pourpre (*Purpura*), assez communs.
12. Tonnes (*Dolium*), les entières sont peu communes.
13. Porcelaines (*Cypraea*), les grosses sont rares.

DEUXIÈME CLASSE (Bivalves)

1. Huîtres (*Ostrea*), très communes, très grosses.
2. Cames (*Chama*), très communes : rares avec deux valves (cela peut provenir du peu de soin qu'on prend lors de l'exploitation du Falun).
3. Cœurs (*Cardita ou Cardium*), très communes; rares avec deux valves (cela peut provenir du peu de soin qu'on prend lors de l'exploitation du Falun).
4. Peignes (*Pecten*), communs.

[1] Ceci est une erreur; le nord-ouest du territoire de Ligueil est sur la craie.

CLASSE (MULTIVALVES)

1. Oursins, extrêmement rares.

2. Conques anatifères (*Balanus*), quelques pièces seulement et peu communes.

« Tout le canton connu sous le nom de Falunières peut être regardé comme le plateau du territoire méridional du département. Les immenses dépôts d'individus accumulés par la mer sur le sol que nous habitons attestent son séjour. Donnons quelques développements à cette vérité incontestable. Dire que la Touraine formait un bassin de la mer, supposer au moins que cet élément s'y était répandu comme une rivière qui rompt ses digues, c'est avancer que la partie inondée était plus basse que l'Océan. En n'envisageant les choses que dans l'état actuel, il serait permis de regarder cette proposition comme un paradoxe, parce qu'on ne rencontre, dit Bernardin de Saint-Pierre (*Études de la nature*, t. 1, p. 181), aucune partie de la terre ferme qui ne soit au-dessus de la mer.

« Mais pourquoi, à l'époque inconnue où le sol, ou du moins une partie du sol de ce département a dû se produire et se joindre au continent, ne pouvoir soupçonner le nivellement du sol premier avec celui de la mer? Les immenses Falunières de *Bossée* et des autres communes voisines sont recouvertes aujourd'hui de terre dans une profondeur qui varie depuis quatre jusqu'à six pieds au plus. Ces Falunières ne peuvent guère se creuser au delà de quinze ou dix-huit pieds, parce que les eaux sourdent alors trop abondamment.

« Pour décider la question du niveau de l'ancien ou premier sol avec celui de la mer, il faudrait qu'il fût possible de fouiller l'épaisseur des couches de fossiles jusqu'à la base primitive. Mais cette tentative, par l'impossibilité physique de la réussir, sera toujours un obstacle d'autant plus cruel qu'il lèverait toute difficulté systématique. Ces dépôts de Faluns ont bien certainement une base quelconque; ils ne paraissaient point s'y être agglomérés par suite d'un mouvement purement convulsif de la nature, puisque les coquilles sont placées horizontalement et sur le plat, et qu'on reconnaît des couches distinctes. Mais en supposant même, ce qui ne peut être, ce mouvement convulsif quelque puissant qu'on se l'imagine, il n'est pas raisonnable de penser qu'il ait été capable de soulever le sol végétal de telle sorte qu'il ait pu s'étendre précisément sous les lits composés d'*humus;* car alors, quelle que soit l'immensité des siècles écoulés depuis la catastrophe supposée, on devrait reconnaître au moins des crevasses ou des inégalités frappantes dans les couches de fossiles, qui sont au contraire égales et comme nivelées.

« Si on ne savait que la carte dite de Peutinger[1] est remplie de fautes grossières, cette carte offrirait quelques données justificatives du séjour de la mer sur une partie du moins de la *Touraine*. On y voit que *la Loire* (*Fluvius Liger*) avait son embouchure précisément au milieu de la partie nord du *Sinus Aquitanicus*[2], qui s'avance considérablement dans les terres. Ce bras de mer, assez resserré dans son lit, a bien pu s'étendre dans un temps assez loin pour couvrir le territoire actuel de Bossée et des communes voisines, et si l'inexactitude de la

---

[1] *Histoire des grands chemins de Rome* (Bergier, 1643). Carte de Peutinger, manuscrit en quize tableaux, copiés par un moine de Colmar sur un document plus ancien. Au XVIe siècle, le manuscrit se trouva entre les mains de Conrad Peutinger, savant antiquaire d'Augsbourg.

[2] Golfe de Gascogne.

position de l'ancienne capitale des *Turones*, nommée *Cæsaroduno* dans la carte, n'était aussi évidente, on rendrait un compte irrécusable des immenses dépôts de fossiles qui reposent sur le sol de notre département.

« On pourrait dire cependant que le prolongement du *Sinus Aquitanicus* dans les terres est, dans la carte de Peutinger, sinon la représentation fidèle des lieux de l'époque, de sa confection, du moins la consécration d'*un ancien souvenir* de l'état des lieux. Car on ne peut pas raisonnablement supposer que le géographe ou son copiste aient arbitrairement placé un bras de mer dans un endroit où il n'en exista jamais. Peut-être encore cette carte a-t-elle été rédigée d'après d'anciens documents quelconques ou d'après des cartes précédemment faites, telle que celle commencée par la sœur d'Agrippa, d'après les mémoires laissés par le favori d'Auguste, carte que cet Empereur, au rapport de Pline, avait fait peindre sur un portique bâti à cet effet.

« Le silence de l'Histoire n'est point ici une raison suffisante pour rejeter absolument le prolongement du *Sinus Aquitanicus* dans les terres. Les Falunières sont un monument qui prouve absolument qu'un bras de mer, quel que soit au surplus le nom qu'on veuille lui attribuer, a couvert au moins une partie de ce département. »

M. du Hérissier de Gerville[1], dans ses *Lettres à Defrance* (1814-1817), parle des marnières ou sablières de Gouberville. Il les désigne sous le nom de Falun, dont il distingue trois variétés et dit avoir recueilli huit cent cinquante espèces, qu'il énumère.

---

[1] Archéologue. 1769-1853.

CHAPITRE III

LES IDÉES ACTUELLES SUR LES FALUNS

A. Duvau[1], membre de la société Linnéenne de Caen, consacre à nos Faluns, dans les Mémoires de cette Société (1825), un article extrêmement intéressant. Il a étudié en détail les Faluns de Touraine et en même temps ceux de Bretagne; il les classe ensemble, et *pour la première fois* on rapproche ces dépôts en les déclarant du même Étage géologique [2].

L'auteur remarque que la Touraine appartient aux terrains tertiaires, qu'on n'y trouve pas de terrains primitifs ou de transition. Il décrit les vallées, parle du régime des eaux et désigne les dépôts de coquilles.

1° *Savigné-sur-Lathan*, c'est de la *Pierre de Croît* ; on a construit avec cette pierre, non seulement toutes les maisons du bourg, mais aussi les portes et fortifications. Une fouille a été faite à une profondeur de six pieds ; elle a donné des pierres préparées pour faire des tombes datant des temps préhistoriques. Les dépôts sont reconnaissables à la terre, qui est très mélangée de sable. La pierre de Croît est sèche et compacte ; elle contient des empreintes de coquilles, mais pas de petites espèces. On n'y trouve pas d'ossements de mammifères.

Anciennes fortifications
de Savigné-sur-Lathan (Indre-et-Loire),
bâties en moellons des Faluns.

[1] Naturaliste, né à Tours, en 1771, mort en 1831.
[2] Sur trois dépôts coquilliers en Indre-et-Loire et Côtes-du-Nord. Janvier 1825.

2º *Dépôts des Falunières du sud.* — L'auteur dit que des renseignements lui ont été donnés par le marquis de Tristan[1]. Le sable est de même origine qu'à Savigné, mais il est à l'état friable et humide ; il contient des coquilles qu'on peut reconnaître, des ossements de mammifères. Le Falun est recouvert par une terre argileuse, avec laquelle il n'est pas mêlé (*bournais*). Pour reconnaître la présence du sable Falun, il faut voir si dans le bournais poussent certaines plantes[2].

Anciennes tours des fortifications de Savigné-sur-Lathan (Indre-et-Loire), en moellons des Faluns.

3º *Dépôts coquilliers des Côtes-du-Nord.* — L'auteur indique Quiou, Tréfurnel et surtout Pas-de-Hac. La pierre qui s'y trouve s'appelle *jauge* dans le pays ; elle est blanche, compacte, sert à construire ; les couches moins serrées servent à marner.

Nous voyons maintenant Cuvier[3] tirer de l'étude des fossiles les plus belles conséquences. Il fait remarquer dans son ouvrage célèbre, *Ossements fossiles* (1812), que c'est aux fossiles qu'est due la naissance de la théorie de la Terre.

« Sans eux on n'aurait peut-être jamais songé qu'il y ait eu dans la formation du globe des époques successives et une série d'opérations différentes. Eux seuls, en effet, donnent la certitude que le globe n'a pas toujours eu la même enveloppe extérieure, par la pensée qu'on a qu'ils ont dû vivre à la surface avant d'être ensevelis dans la profondeur. »

Suivant cette pensée de génie, Cuvier et Brongniart[4] divisèrent les périodes géologiques en grandes époques et établirent que dans les couches semblables la Faune est toujours identique. La classification put se faire sur ces bases larges, et notre terrain Falunien fut compris dans la Période Tertiaire.

Desnoyers[5], continuant l'œuvre de Cuvier et de Brongniart, démontra dans son célèbre Mémoire, paru en 1829[6], que les amas

[1] J.-M.-C. marquis de Tristan, ingénieur des Mines, président de l'Académie royale d'Orléans, correspondant de l'Académie des sciences, mort en 1861.
[2] Voir chap. VIII.
[3] Né à Montbéliard en 1769, mort en 1832.
[4] Chimiste et géologue, 1770-1847.
[5] Géologue, membre de l'Institut, 1800-1887.
[6] *Observations sur un ensemble de dépôts marins...* (Annales des sciences naturelles).

de coquilles de la Touraine, auxquels il joignit les sables de l'Orléanais, étaient superposés au Calcaire de Beauce et qu'ils étaient plus récents que les terrains tertiaires du Bassin de Paris. C'est donc à Desnoyers que nous devons la classification de nos Faluns comme étage spécial; mais il ne nomma pas cet étage, auquel il proposait de donner les désignations de : Formation Mastodontienne, de Faluns coquilliers, de Crag, ou de Terrain Quaternaire.

Aucune de ces dénominations ne prévalut, et le nom de *Miocène* fut créé, en 1831, par sir Charles Lyell[1], qui appela *Éocène* les formations les plus anciennes du *Tertiaire,* et *Pliocène* les plus récentes. Ces désignations, qui ont survécu, furent arrêtées en collaboration avec Deshayes. Ces deux savants établirent que le terrain type du Miocène est celui dans lequel on retrouve au moins de 17 à 20 p. 100 d'espèces encore vivantes.

« Les couches[2] que nous rencontrons les premières dans l'ordre descendant sont celles appelées par plusieurs géologues *Tertiaires Moyennes,* et pour lesquelles, en 1833, j'ai proposé le nom de *Miocène.* J'ai choisi les Faluns de la vallée de la Loire, en France, comme exemple du type. Aucune couche contemporaine de ces formations n'a encore été rencontrée dans les Iles Britanniques, où le Crag inférieur du Suffolk est le dépôt qui s'en rapproche le plus quant à l'âge. Le nom de *Falun* a été donné par les agriculteurs français à un dépôt coquillier de sable et de marne qu'on répand à la surface du sol en Touraine pour fertiliser les terres, absolument comme on a fait du Crag du Suffolk. On rencontre des masses isolées de ces *Faluns* près de l'embouchure de la Loire, dans les environs de Nantes, et plus loin dans les terres jusqu'aux environs de la contrée sud de Tours. On en trouve aussi à Pontlevoy, sur le Cher, à quatre-vingt-dix kilomètres environ au-dessus de la jonction de cette rivière avec la Loire et à quarante kilomètres S.-E. de Tours. Des dépôts du même âge se voient également, mais avec d'autres traits géologiques, près des villes de Dinan et de Rennes, en Bretagne. J'ai visité toutes ces localités, et j'ai reconnu que les lits de la Loire consistent principalement en marne et en sable dans lesquels sont des coquilles et des coraux, les uns entiers, les autres roulés, les autres en fragments ténus. Dans certains districts, comme à Doué (Maine-et-Loire), à quinze kilomètres S.-O. de Saumur, le dépôt constitue une pierre tendre à bâtir, principalement formée d'un agrégat de coquilles brisées, de briozoaires, de coraux et d'échinodermes unis par un ciment calcaire. La masse est tout à fait semblable au Crag corallien des environs d'Aldborough et de Sudbourn (Suffolk). Les lambeaux épars de Falun dépassent rarement l'épaisseur de quinze mètres; entre la Sologne et la mer, ils reposent sur des roches plus anciennes, très variées : on les voit successivement sur le Gneiss, le Schiste Argileux, les diverses formations secondaires, y compris la Craie, et en dernier lieu, sur le Calcaire d'Eau douce supérieur des séries tertiaires parisiennes,

[1] Géologue anglais, 1797-1875.
[2] Lyell, *Manuel de géologie élémentaire* (Hugard, 1856).

lesquelles, comme nous l'avons déjà dit, s'étendent sans discontinuité du bassin de la Seine à celui de la Loire.

« Sur quelques points tels que Louans, au sud de Tours, les coquilles affectent une couleur ferrugineuse assez analogue à celle du Crag rouge du Suffolk. La plupart des espèces y sont marines ; mais quelques-unes appartiennent à des genres terrestres et fluviatiles : l'*Helix Turonensis* est la plus abondante. Çà et là sont entremêlés des débris de quadrupèdes terrestres appartenant au genre Dinothérium, Mastodonte, Rhinocéros, Hippopotame, Chœropotamus, Dichobune, Daim et autres ; ils sont accompagnés de cétacés, tels que le Lamantin, le Morse, le Veau Marin et le Dauphin, tous d'espèces éteintes.

« M. E. Forbes, d'après l'examen des testacés fossiles, considère ce dépôt comme formé en partie sur la plage même, au niveau des basses eaux et en partie à des profondeurs plus considérables, mais qui n'auraient pas dépassé dix-huit mètres. La faune mollusque des Faluns est, en somme, beaucoup plus littorale que celle du Crag rouge et du Crag Corallien du Suffolk et suppose une mer beaucoup moins profonde ; elle s'en distingue encore par l'indication qu'elle fournit d'un climat étranger à l'Europe. On y rencontre en effet sept espèces de Cypræa, quelques-unes plus grandes qu'aucune de celles qui existent dans la Méditerranée ; plusieurs espèces d'Oliva, Ancillaria, etc. On n'y compte pas moins de huit espèces de Cônes, dont quelques-unes très grandes, tandis que le seul Cône Européen est de petite taille. Le genre Nérita et plusieurs autres sont aussi représentés par des individus d'un type aujourd'hui caractéristique des mers équatoriales et tout à fait différents des formes méditerranéennes. Ces preuves d'une température plus élevée semblent assigner aux Faluns un âge relativement plus ancien que celui du Crag du Suffolk : elles concordent parfaitement avec la production plus faible de testacés d'espèces récentes que renferment ces Faluns. »

Ce fut avec Deshayes[1] que Dujardin[2] entreprit, de 1830 à 1834, son travail intitulé *Étude sur le sol en Touraine,* qui contient une nomenclature et des planches, tant de l'Étage de la Craie que de nos Faluns, et qui parut en 1837 dans les Mémoires de la Société géologique de France.

Dujardin remarque que :

« Les sables de la Sologne font partie des Faluns, ainsi que les calcaires de Doué, de Savigné et d'autres dépôts reconnus analogues dans l'Anjou, la Bretagne et dans la Basse-Normandie. Les fossiles de ces diverses localités sont identiques, ou du moins il n'y a pas dans l'une d'elles un fossile qu'on ne rencontre dans quelques-unes des autres. »

Nous n'analysons pas ce travail, qui est entre les mains de tous les géologues tourangeaux.

M. P. Duchassaing, dans sa thèse soutenue devant la Faculté des sciences de Paris, en 1843, nous donne quelques renseigne-

[1] Naturaliste, professeur au Muséum, né à Nancy, 1795-1875.
[2] Naturaliste, né à Tours, 1801-1860.

ments intéressants. Il cite beaucoup d'espèces de fossiles; sa nomenclature est malheureusement très vieillie.

Nous signalons une suite d'études remarquablement documentées faites par le marquis de Tristan et M. Lockart, son gendre, de 1849 à 1860, dans les Mémoires des diverses Sociétés scientifiques d'Orléans. Ces messieurs exposent des aperçus ingénieux et fort justes sur la place stratigraphique des Faluns, qu'ils reconnaissent être exactement au-dessus du Calcaire d'eau douce. M. Lockart avait recueilli de très beaux ossements de Mammifères, qui sont au Musée d'Orléans.

La situation stratigraphique de nos Faluns étant enfin reconnue, la discussion porta sur la forme du Golfe. D'Orbigny (1851)[1] mêla le dépôt des Faluns de la Loire-Inférieure (Étage Redonien) avec les Faluns de Touraine, et appela le Bassin qui les contenait tous le Bassin Ligérien, auquel il reconnut une sortie sur l'Océan à l'embouchure de la Loire et une sur la mer de la Manche. Nos géologues locaux du milieu du XIXe siècle, l'abbé Chevalier[2], M. Charlot[3], l'abbé Bourassé[4] dans *la Touraine*, négligeant ou ignorant les dépôts identiques à nos Faluns dans les départements des Côtes-du-Nord et de la Manche, ne donnent à notre golfe qu'une seule sortie et la placent sur l'Océan.

« Ces dépôts sont aujourd'hui morcelés et isolés; mais aucun géologue ne doute qu'ils n'aient été déposés dans un long golfe étroit dont le débouché dans la mer Occidentale était situé entre Vannes et Napoléon-Vendée[5]. »

La même erreur est répétée dans *Promenades pittoresques en Touraine*, de l'abbé Chevalier (XIIIe excursion).

Le *Guide pittoresque du voyageur en Touraine* publié par un membre (anonyme) de la Société archéologique de Touraine, en 1852, commet deux erreurs assez considérables. L'auteur attribue au Tertiaire supérieur les dépôts de Faluns et pense qu'ils sont contemporains du déluge Mosaïque. En dehors de ces deux méprises, il relève assez justement les trouvailles qu'il est possible de faire dans les Falunières: ossements, bois fossilifiés, coquilles de

[1] Alcide d'Orbigny, naturaliste, professeur au Muséum, 1802-1857.
[2] Né à Saché en 1825, mort en décembre 1893.
[3] Membre de la Société d'agriculture d'Indre-et-Loire, né à Amboise en 1797, mort en 1859.
[4] Chanoine des Églises de Tours et de Nevers, né à Sainte-Maure en 1813, mort en 1872.
[5] Abbé Chevalier et Y. Charlot, *Études sur la Touraine*, 1858.

Mollusques, et remarque que les dépôts ne sont pas tous situés à la même profondeur au-dessous du niveau actuel du sol. A Manthelan et Louans, le Falun est presque à la surface; dans certains autres endroits (Bossée), il est enfoui sous quelques mètres de terre arable. La question de l'emploi du Falun échappe entièrement à notre Tourangeau; il n'en parle pas!

Nous pensons devoir relater encore l'opinion de M. L. Figuier[1] dans *la Terre avant le Déluge* (1863).

« On nomme Faluns, d'après le nom d'une ville de Suède, diverses couches formées de coquilles et de polypiers presque entièrement brisés. On l'exploite en beaucoup de pays, notamment aux environs de Tours et de Bordeaux, pour le marnage des terres : c'est à cet étage des Faluns qu'appartient le calcaire d'Eau Douce qui compose la célèbre butte de Sansan, auprès d'Auch, dans laquelle on a trouvé de nos jours un nombre considérable d'ossements. »

Le *Dictionnaire géographique, historique et biographique*, publié en 1878 par la Société archéologique de Touraine, parle des Faluns d'une manière tout à fait accessoire; cela est naturel, mais il donne une nomenclature erronée et vieillie, ce qui est fâcheux pour un document local publié il y a si peu de temps.

A l'article *Bossée*, en effet, nous lisons :

« De même que les communes de Louans, Manthelan, Sainte-Maure, la Chapelle-Blanche et Sainte-Catherine, elle renferme un dépôt géologique fort curieux. C'est un amas considérable de mollusques, de coquilles et de polypiers, abandonné par les flots de la mer qui autrefois couvrait ces contrées. Dans quelques endroits le dépôt atteint une épaisseur de dix à quinze mètres. Les espèces les plus communes que l'on y rencontre sont les Lepas, les Vermiculaires, les Polypiers, les Dentales, les Limaçons, le Pourpre, l'Huitre, les Cames, les Cœurs, les Peignes et les Murex. Tous ces débris forment un excellent engrais, connu sous le nom de Falun, et qui est une précieuse ressource pour les cultivateurs. »

En 1875, MM. Vieillard et G. Dollfus firent paraître[2] une *Étude sur les Terrains Crétacés et Tertiaires de Normandie*. Ils consacrent un chapitre aux Faluns de Picauville : ce sont des Faluns très agglomérés. Ces messieurs purent reconnaitre seulement quarante-deux espèces. Sur ces quarante-deux espèces, dix-huit sont semblables à celles de Touraine. Les auteurs décrivent dans cette même Étude plusieurs gisements du Cotentin.

[1] Médecin, docteur ès sciences physiques, né à Montpellier en 1819.
[2] *Bulletin de la Société Linnéenne de Normandie.*

M. de Lapparent, dans son *Traité de Géologie*, t. II (1885), dit ceci de nos Faluns :

> « Au-dessus des dépôts précédents, qui tous appartiennent à l'Étage Langhien, viennent, dans l'ouest de la France, les Faluns Helvétiens, qui indiquent un empiètement marqué de la mer sur la région occidentale de notre pays. On désigne sous le nom de Faluns des dépôts marins composés de coquilles brisées de Polypiers, de Bryozoaires, etc., mélangés d'une certaine quantité de sable siliceux plus ou moins grossier. La roche est en général meuble ou faiblement agglutinée par un ciment calcaire en un grès tendre et poreux. Les sablons sont tantôt très purs et d'une blancheur extrême, soit colorés en jaune... »
>
> Suit une énumération des principales coquilles et Faluns.

N'est-il pas amusant de voir nos Faluns de Touraine donner lieu à de si nombreuses polémiques, à des opinions si variées, souvent si peu raisonnables, si en l'air? Le mot de leur existence fut presque trouvé par Palissy, homme d'observation et de bon sens; puis la question fut embrouillée de nouveau par Voltaire. — M. de la Sauvagère et ses amis du Chinonais en sont un peu cause. — On ne s'est avisé qu'au XIXᵉ siècle qu'un abaissement du terrain avait permis l'entrée de la mer et qu'un relèvement subséquent avait porté les gîtes coquilliers à cent et quelques mètres au-dessus du niveau de l'Océan.

Il ne faut pas se dissimuler, du reste, que les dépôts laissés par la mer des Faluns, en quittant notre terroir, se présentent sous des aspects extrêmement variables, qui permettent à peine de les comparer sans étude. Sur le plateau de Bossée, il faut creuser très profondément et dans l'eau pour trouver un sable meuble souvent mêlé de terre. — A Ferrière-Larçon, ce même sable, tout à fait pur et très sec, forme de grandes carrières, à fleur de terre. — A Savigné-sur-Lathan, on trouve des moellons plus ou moins agglutinés et poreux. — A Doué, ce même étage se présente sous la forme de collines où on creuse des maisons. — Dans la Manche, la pierre est si bonne, qu'on peut construire de vraies maisons avec elle. — Il fallait vraiment un laps de temps considérable pour que l'observation attentive permît de reconnaître, dans ces faciès si dissemblables, la même Roche, le même Étage, la même Faune.

En outre de celles dont nous donnons des extraits, des études partielles sur les Faluns ont été publiées par M. l'abbé Chevalier

(1849), d'Orbigny (1851), abbé Bourassé (1856), abbé Chevalier et Charlot (1858), d'Archiac (1864), de Longuemar (1870), Douvillé (1878), Tournouer (1879), abbé Bardin (1881-82-83), Vasseur (1881), de Lapparent (1885), G. Dollfus (1888-1900-1901), J. Ivolas et Peyrot (1900), Peyrot (1901), Courjault, Cossmann, A. Benoist, Defrance, J. Rougé, Morlet, Rambure, Kerforne (*Sur un cas de Tératologie dans une Scutelle Faujasi,* 1897), soit en brochures séparées, soit dans des publications géologiques et conchyliologiques.

En 1886, parut sur les mollusques des Faluns une *Étude préliminaire* de MM. G.-F. Dollfus et Ph. Dautzenberg (D. D. en conchyliologie). Ces messieurs publièrent une liste des coquilles des Faluns qu'ils possédaient et annoncèrent qu'ils avaient l'intention de se livrer à un travail définitif aus-

Château de Grillemont (Indre-et-Loire).

(Les murs du château de Grillemont, faits avec la pierre locale de craie, sont liés avec du mortier du sable des Faluns.)

sitôt qu'ils auraient pu recueillir sur place des documents complémentaires.

Nous récoltions déjà des Faluns à ce moment, mais d'une manière assez vague et sans direction sérieuse. Il est presque impossible, dans le pays, de ne pas s'occuper des Faluns : les tas sortis des immenses trous éblouissent par leur blancheur quand on passe auprès; on voit apporter du sable dans toutes les exploitations, jardins, vignes, et pour les constructions; les murs du château que nous habitons sont liés avec du mortier de Falun; en résumé, le Falun joue dans le Terroir un rôle considérable... Nous avions donc quelques coquilles assez mal classées à Grillemont, et il existait des collections plus ou moins bien déterminées au Louroux, chez le curé et l'instituteur; à Manthelan, chez le brigadier de gendarmerie, etc. MM. G.-F. Dollfus et

M. Ph. Dautzenberg, le Général X*** et l'Auteur dans la falunière de Pauvrelay (commune de Paulmy), 1907.

Ph. Dautzenberg vinrent à plusieurs reprises visiter nos collections; ils y trouvèrent certaines nouveautés qui complétèrent leurs informations, et, après avoir, en 1888, 1889, 1900 et 1901, fait paraître quelques monographies et études partielles, ils ont commencé leur grand ouvrage sur les mollusques des Faluns.

Le premier fascicule a paru dans les Mémoires de la Société géologique de France, en 1902. Il a été suivi de deux autres, en 1904 et 1906. Ces trois fascicules comprennent une Introduction géologique et la description de quatre-vingt-cinq espèces. Un autre fascicule est en préparation; il paraîtra en 1908.

CHAPITRE IV

GÉOLOGIE DU GOLFE

TERTIAIRE
- NÉOGÈNE
  - Pliocène.
  - Miocène
    - supérieur : Redonien (G. Dollfus, 1890). = Tortonien (pars.).
    - moyen : Falunien (d'Orbigny, 1854). = Helvétien (pars.).
    - inférieur : Burdigalien (Deperet, 1892). Aquitanien Mayer.
- ÉOCÈNE
  - Oligocène.
  - Éocène.

LA FORME DU GOLFE

Le dépôt des Faluns, comme on le voit dans le tableau ci-dessus, est classé dans la grande Couche Tertiaire. Sa place est dans le Miocène moyen.

Comment s'est formé le Golfe qui a laissé ces dépôts? comment a-t-il disparu? C'est ce qu'il importe d'étudier.

M. de Lapparent, dans ses Traités de Géologie, met nos Faluns dans un troisième Étage du Miocène : l'Étage *Vindobonien*, appelé ainsi de la ville de Vienne (Autriche), aux environs de laquelle se trouve un important dépôt de Faluns. Il dit :

« Le fait capital qui signale l'ouverture de l'Époque Vindobonienne est l'affaissement survenu en France suivant la basse vallée de la Loire, ce qui permit à la mer de jeter jusque près de Blois les riches gisements coquilliers ou Faluns de Touraine. Ensuite, dans le détroit qui isolait la Normandie de l'Ile Armoricaine, se sont déposés les Faluns de l'Anjou et de l'Ille-et-Vilaine, avec grandes dents de Squales (Carcharodon) et ossements de Lamantins (Halithérium), ainsi que les Faluns du Cotentin. »

M. G.-F. Dollfus a, tant dans les *Annales de Géographie* (Faluns de la Touraine, 1900), que dans une brochure remarquable (*Les derniers mouvements du sol en Touraine*, 1901), expliqué le mode d'existence du Golfe, son commencement et sa fin :

« Le dépôt des Faluns est la conséquence d'une invasion courte et violente de la Mer Miocène[1] en plein continent. Les sables coquilliers ravinent les sables de Sologne, le calcaire de Beauce ou la Craie, et même les couches plus anciennes jusqu'au Pré-Cambrien. Nous concevons l'époque des Faluns comme se terminant par un mouvement général de soulèvement de la France Centrale combiné avec un autre de plissement dans le Bassin de Paris, entraînant la retraite de la mer vers l'Ouest. Elle traçait dans son retrait le cours inférieur de l'Allier-Loire et créait à l'écoulement des eaux une nouvelle voie vers l'Ouest dans une région que les eaux n'auraient jamais pu suivre sans le secours de l'invasion et de la dénudation marine...

« La Géologie va nous apprendre comment prit fin le régime de la Seine-Loire[2]. Ce moment est caractérisé par l'arrivée soudaine dans l'Ouest de la France de la mer du Miocène Moyen avec sa Faune d'aspect Sénégalien. La courbe de cent vingt mètres d'altitude donne à peu près son rivage dans l'Anjou, la Touraine, le Blésois. Cette mer vint capturer en Sologne le fleuve des sables granitiques, soutirer la Loire supérieure au Bassin de la Seine en lui donnant un écoulement plus bas et plus rapide. Au Miocène Supérieur, le Bassin de la Touraine s'est relevé, le rivage marin s'est reporté en Anjou, la mer s'est étendue sur la Vendée, et le cours de la Loire, débouchant directement par Nantes, s'est établi. Toute liaison avec le bassin de Paris a été rompue. »

M. G.-F. Dollfus dit avec beaucoup de bon sens et de raison dans cette même brochure : « Il résulte de ces constatations que les relations de l'hydrographie avec la structure géologique sont infiniment plus intenses qu'on ne l'avait pensé jusqu'à présent. »

On pourrait donc, à ce qu'il nous semble, résumer la question ainsi : La Touraine était couverte d'un lac d'eaux douces entretenu par nos rivières, la Vienne, le Loir, le Cher (la Loire coulant alors vers le bassin de la Seine, par la direction du Loing). Quand vint le soulèvement du plateau central et les premiers plissements des Alpes, un mouvement d'affaissement concomitant s'effectua dans l'Ouest de la France, et l'abaissement du sol permit à la mer d'entrer jusqu'au cœur du pays dans la région occupée actuellement par la vallée de la Loire. Il est probable

---

[1] *Les derniers mouvements du sol en Touraine.*
[2] *Annales de géographie* (les Faluns de la Touraine, p. 324).

que la mer pénétrait à la fois par la dépression de Rennes et par celle de Nantes; cette mer pénétra jusqu'à Pontlevoy et au nord et à l'est de Blois.

La retraite des eaux marines se fit lentement, laissant, après la faune des Faluns, sur une surface réduite, une faune nouvelle, d'âge Miocène Supérieur, qui ne dépassait pas le cours de la Maine. La mer se retira après le Miocène et d'une manière définitive de la région, entraînant dans sa retraite le drainage de toutes les eaux à l'Océan au détriment de la Manche.

Ce fait, maintenant bien étudié et fixé, de deux étages de Faluns (à première vue presque identiques), a été cause du long ballottement d'opinions des géologues du XIXᵉ siècle sur la question : Forme du Golfe des Faluns. Nous avons vu que d'Orbigny avait confondu les deux Faunes, mais avait donné au Golfe la forme qu'on lui reconnaît actuellement. Nos géologues locaux ne reconnaissaient au Golfe qu'une seule sortie à l'embouchure de la Loire. Aux premiers temps de leurs études, MM. G.-F. Dollfus et Ph. Dautzenberg pensèrent que le Golfe ne communiquait pas avec l'Océan et que l'entrée des eaux avait lieu seulement entre Dol et Dinan. Une visite très approfondie du gîte des Cléons, près du Loroux, au sud de Nantes, a définitivement modifié l'opinion de ces messieurs : ils reconnaissent au Golfe une entrée entre Dol et Dinan, une autre vers l'embouchure de la Loire. Cette forme de notre mer des Faluns laisse la Bretagne à l'état d'île complètement isolée du continent, et le haut du Cotentin à l'état de presqu'île se rattachant à la Manche et à l'Angleterre.

Comme on le voit, le nom de notre étage n'est pas absolument fixé, puisque les uns le nomment encore Falunien, les autres Helvétien ou Vindobonien; mais si le nom varie, chacun sait ce que cela veut dire, et la stratigraphie en est à présent bien déterminée.

LES SABLES DU GOLFE

En conséquence du grand soulèvement, les restes du sable marin des Faluns ont été portés à des hauteurs variables, mais toujours considérables. Entrées du golfe : 12, 20, 40 m.; Environs de Rennes : 40, 50, 65 m.; Ilots du Nord : 92 m.; Ilots du Sud :

Doué, 70 m.; Fond du Bassin Sud : Mirebeau, 110 m.; Charnizay, 134 m.; Paulmy, 114 m.; Manthelan, 108 m.; Bossée, 112 m.;
La Chapelle-Blanche, 120 m.; Fond du Bassin Est : Pontlevoy,
108 m.; Contres, 120 m.; Oisly, maximum connu : 138 m.

« Le sable Falun[1] est un sable quartzeux avec mélange de débris calcaires.
Les grains de quartz, d'origine granitique (ils sont laiteux ou hyalins), sont
incomplètement roulés; ils sont mêlés avec des grains de feldspath, de mica,
et avec des débris extrêmement fins d'amphibole, de tourmaline, de fer. Les
grains calcaires sont des débris de test de coquilles de mollusques, de bryozoaires,
de polypiers. On rencontre à la base des dépôts, des galets et blocs de nature
variée, généralement empruntés au sous-sol : Silex crétacés, Calcaire de Beauce,
Quartzites primaires, Schistes anciens. Plus haut dans l'épaisseur du dépôt, les
éléments diminuent de volume, les matériaux demi-fins ou fins se stratifient
en présentant souvent des lits obliques, inclinés en divers sens, et la formation
prend tous les caractères offerts par les dépôts marins actuels accumulés par les
courants sous-marins littoraux, rapides. Cette stratification manque rarement,
même dans les dépôts supérieurs les plus fins, qui s'agglomèrent en tablettes.
Un examen attentif permet de le constater.

M. de Longuemar[2] a fait faire l'analyse du sable du Moulin-
Pochard (Vienne). Il a trouvé :

Chlorure de calcium	1,750
Sulfate de chaux	0,150
Oxyde de fer et traces de manganèse.	4,000
Carbonate de chaux	45,000
Carbonate de magnésie	1,000
Alumine	2,300
Quartz	44,000
Traces de matière organique. . . .	0,040
	100,000

Nous croyons qu'une analyse semblable a été faite en Touraine
par le Dr Brame, il y a une soixantaine d'années; mais il ne nous
a pas été possible d'en retrouver le résultat.

Nous reproduisons ci-après, avec l'autorisation des auteurs
ou éditeurs, des cartes destinées à montrer l'état successif de
notre sol tourangeau pendant la période Miocène. Les cartes de
M. l'abbé Chevalier ont déjà été publiées en Touraine. Nous

[1] G.-F. Dollfus. Livret-guide du Congrès géologique de 1900.
[2] Études géologiques et agronomiques (Poitiers, 1870).

reproduisons aussi les cartes intéressantes de M. A. de Lapparent dans son *Traité de Géologie* (édition de 1907) sur la période Vindobonienne en France, Europe et mappemonde. On remarquera que les côtes de la Tunisie, de l'Algérie et de l'Égypte étaient couvertes par la mer Falunienne (en ce moment on cherche des Fossiles des Faluns en Égypte). On verra l'extension singulière des deux immenses golfes qui pénètrent par la Méditerranée et le Rhône jusqu'au cœur de l'Asie, ainsi que la forme singulière du continent Américain Nord qui englobe le Groenland, l'Islande, et rejoint presque les Iles Britanniques.

On trouve des dépôts plus ou moins importants de coquilles et restes Faluniens :

En France : Touraine, Anjou, Bordelais, vallée de l'Adour, vallée du Rhône, Corse et Jura.

En Portugal : province d'Almeira.

En Espagne : Catalogne et Andalousie.

En Suisse (Molasse).

En Bavière : dans la vallée du Danube.

En Autriche : bassin de Vienne, Moravie, Styrie.

En Hongrie.

En Italie : Piémont, Sardaigne, Sicile.

Dans l'Allemagne du Nord, Belgique et Hollande.

En Asie Mineure.

Dans la Russie du Sud.

En Égypte et au Sinaï.

En Algérie.

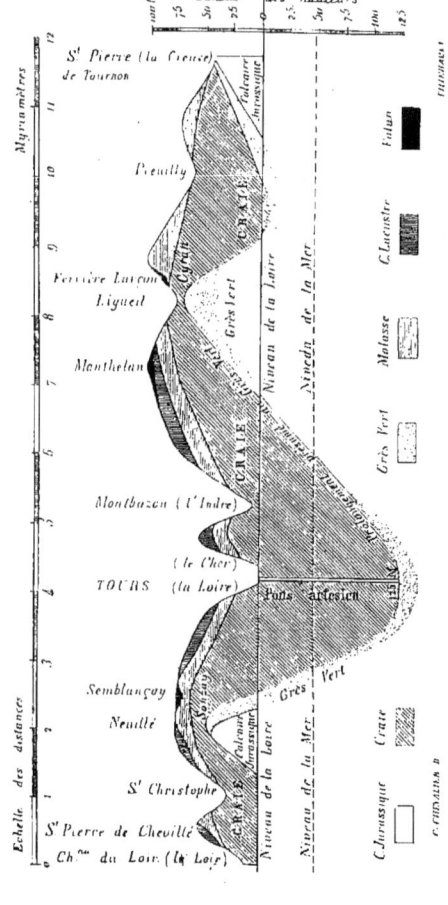

COUPE GÉOLOGIQUE DU NORD-OUEST AU SUD-EST

Coupe géologique du sol en Touraine, Abbé Bourassé, 1858, d'après Dujardin.

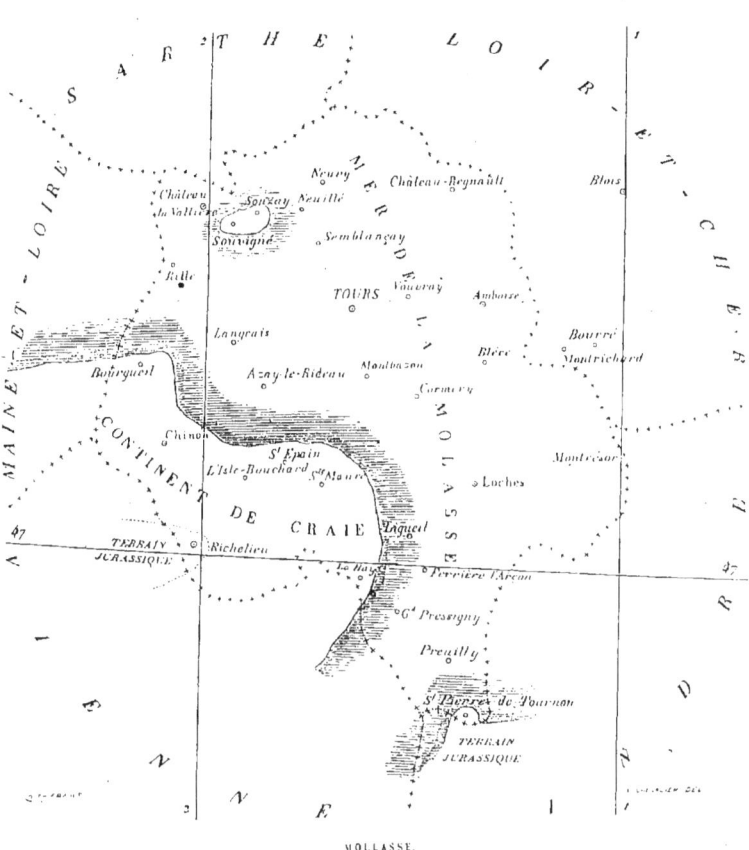

MOLLASSE.

PÉRIODE DE LA CRAIE. — Trois points seulement sont émergés : au sud-ouest, un continent de craie qui s'étendait de Bourgueil à La Haye, entourant le calcaire jurassique de Richelieu; au sud, à Saint-Pierre-de-Tournon, un cap de ce même continent; au nord, l'île jurassique et crayeuse de Sonzay. Le reste de la Touraine était plongé sous la mer.   (Abbé Chevalier.)

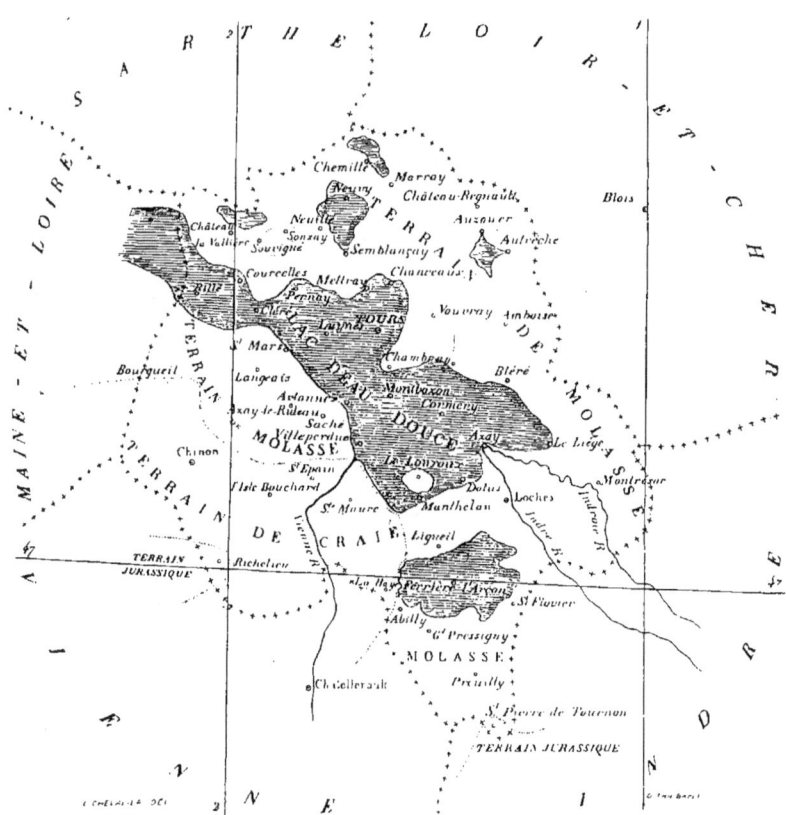

PÉRIODE LACUSTRE. — Un grand lac occupait la partie centrale de la Touraine et se prolongeait au nord-ouest; il était alimenté par l'Indre, par l'Indroye et par la Vienne, dont le cours, au lieu de se détourner brusquement à l'Ouest, se dirigeait probablement vers Villeperdue; quelques autres petits lacs étaient disséminés çà et là.

(Abbé Chevalier.)

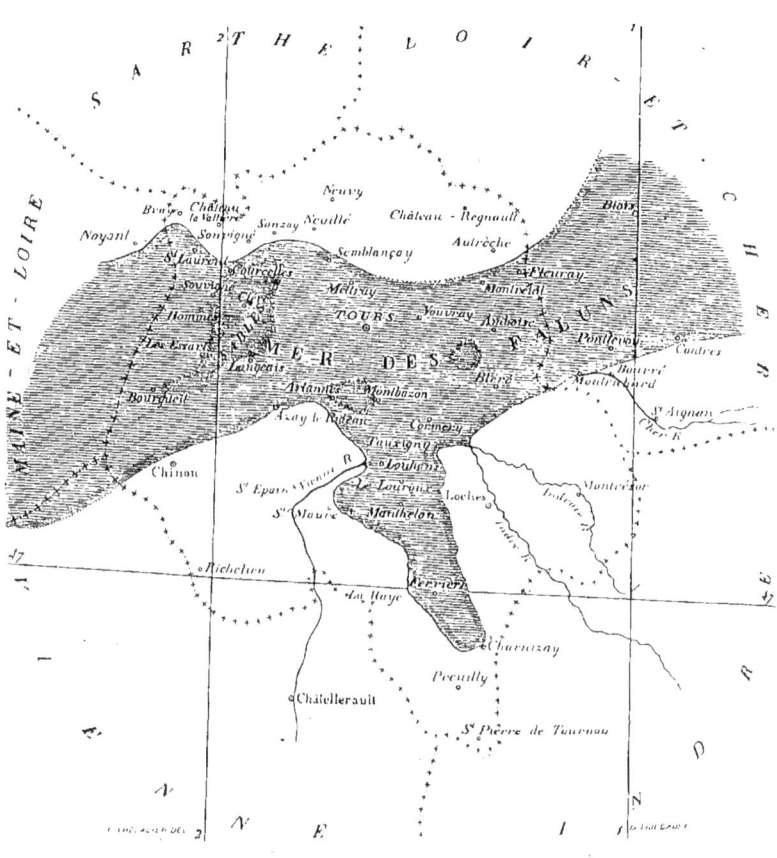

FALUNS

Une grande mer qui s'étendait à l'Est et à l'Ouest, dans les départements voisins, couvrait la partie centrale de la Touraine et se prolongeait en golfe jusqu'à Charnizay. Les dépôts de cette mer furent entraînés en partie par des cataclysmes postérieurs, mais on en trouve des traces nombreuses en diverses localités: ce sont des bancs coquilliers, des sables, des vases marines, des récifs, des falaises; et c'est à l'aide de ces jalons incontestables que nous avons restitué les limites de la mer des Faluns.   (Abbé Chevalier.)

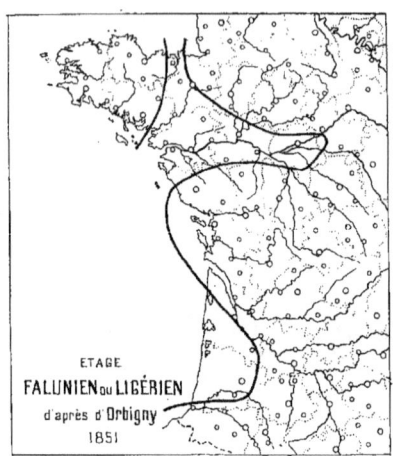

ETAGE
FALUNIEN ou LIGÉRIEN
d'après d'Orbigny
1851

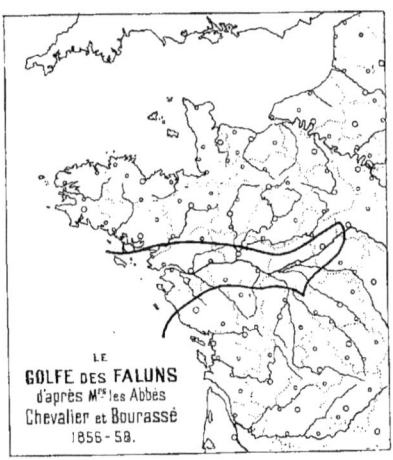

LE
GOLFE DES FALUNS
d'après M^{rs} les Abbès
Chevalier et Bourassé
1856-59.

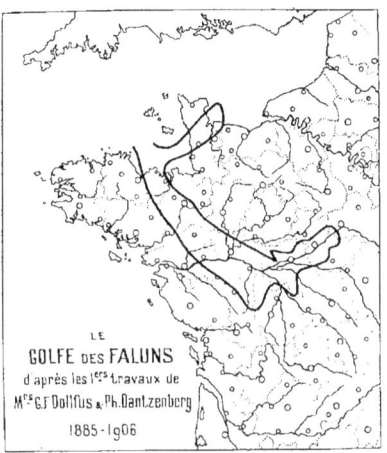

LE
GOLFE DES FALUNS
d'après les 1ers travaux de
Mrs G.F Dollfus & Ph.Dantzenberg
1885-1906

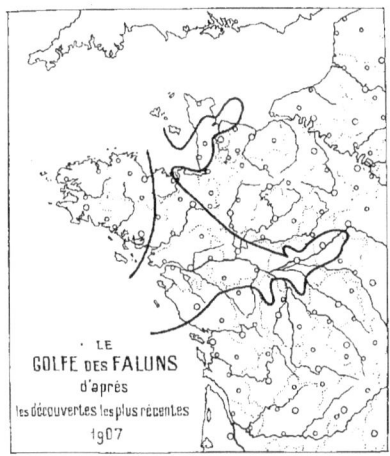

LE
GOLFE DES FALUNS
d'après
les découvertes les plus récentes
1907

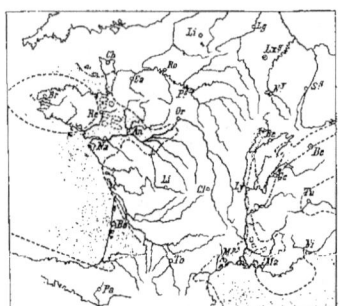

La France Vindobonienne, d'après M. A. de Lapparent.

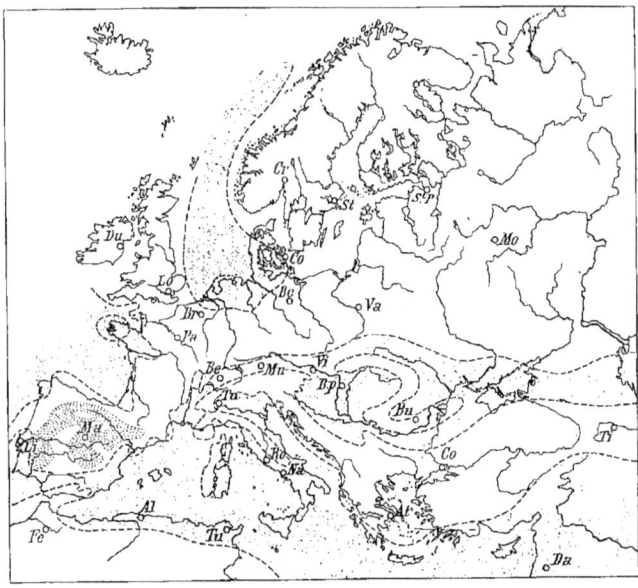

L'Europe Vindobonienne, d'après M. A. de Lapparent.

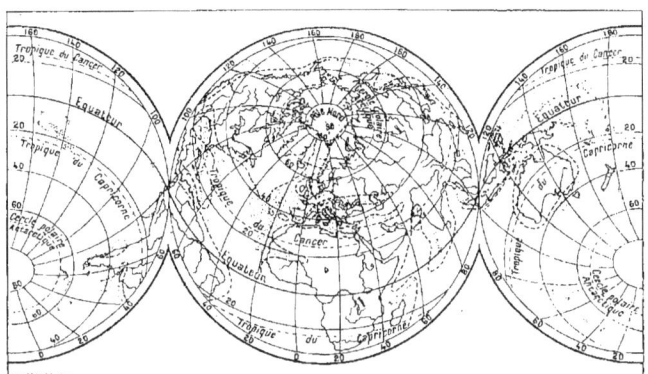

Mappemonde Vindobonienne, d'après M. A. de Lapparent.

CHAPITRE V

PRINCIPAUX GISEMENTS

Il y a des dépôts de l'Étage des Faluns dans neuf départements : Manche, Côtes-du-Nord, Ille-et-Vilaine, Mayenne, Maine-et-Loire, Loire-Inférieure, Vienne, Loir-et-Cher, Indre-et-Loire.

Nous énumérons rapidement les gîtes de huit départements, et nous nous arrêterons spécialement sur ceux de l'Indre-et-Loire.

La lettre S indiquera le Faciès Savignéen, amas de débris calcareux d'animaux inférieurs, tels qu'il s'en forme dans les fonds de vingt à cinquante mètres. La lettre P indiquera le Faciès Pontilevien, dépôts littoraux formés à une faible profondeur en mer calme. Ces renseignements sont tirés, pour les Falunières que nous n'avons pas visitées, de la Préface du grand ouvrage de M. G.-F. Dollfus et Dautzenberg.

DÉPOTS DANS LA MANCHE

Feuille de Saint-Lô [1] : Picauville S, Gorges S, Nay, Saint-Eny S, Saint-Germain-le-Vicomte.

DÉPOTS DANS LES COTES-DU-NORD

Feuille de Rennes : Tréfumel S.

Feuille de Dinan : Saint-Juval S, Le Quiou S, Saint-André-des-Eaux, Saint-Judoce S.

DÉPOTS DANS L'ILLE-ET-VILAINE

Feuille de Rennes : (Sud de Rennes), Saint-Jacques, Chartres. (Nord de Rennes), Saint-Grégoire, Saint-Perne, Bécherel, Médréac, Landujan, La Chapelle-du-Lou. *Bassin de Saint-Martin-d'Aubigné :* Guipel, Montreuil-sur-Ille, Feins.

Feuille de Laval : Gahard, Sens-de-Bretagne.

[1] Carte géologique au 80000e.

DÉPOTS DANS LA MAYENNE

Feuille d'Angers : Saint-Laurent-des-Mortiers, Saint-Michel-de-Feins.

DÉPOTS EN MAINE-ET-LOIRE (RIVE DROITE)

Feuille d'Angers : Bassin de Savigné : Meigné S, Noyant-Méon S, Denezé S, Auvers S, Chavaignes S, Lasse S, Genneteil P, Ilot de Sceaux S, La Blanchère.

Feuille de La Flèche : Contigné P, Miré-Cherré.

Feuille de Château-Gontier : La Prévière (Pouancé), Saint-Michel-en-Ghaisnes, Noellet, Chazé-Henry S, Noyant-La-Gravoyère.

Feuille d'Ancenis : Freigné, Gené.

DÉPOTS DE MAINE-ET-LOIRE (RIVE GAUCHE)

Feuille de Saumur : Doué-la-Fontaine S, Louresse-Rochemenier S, Douces S, La-Chapelle-sous-Doué S, Soulanget S, Forges S, Montfort S, Saint-Georges-Chatelaison S, Ambillou S, Brigné (Renauleau P), Chavagnes S, Noyant-la-Plaine, Martigné-Briand S, Tigné S, Aubigné S, Faveraye S, Thouarcé S, Gonnord S, Joué-Etiau S, Lechamp.

Feuille d'Angers : Saint-Saturnin, Haguineau P.

Feuille d'Ancenis : Chaudefonds, Chalonnes-sur-Loire, Montjean-sur-Loire.

DÉPOTS DE LA LOIRE-INFÉRIEURE

Feuille d'Ancenis : Le Pin (Le Bois-Robin).

Feuille de Château-Gontier : Erbray S, Noyal S.

Feuille de Nantes : Commune de Haute-Goulaine : Les Cléons, entre Le Loroux et Nantes.

DÉPOT DE LA VIENNE

(Mirebeau)

M. de Longuemar, dans ses « Études géologiques et agronomiques sur le département de la Vienne [1] », a décrit avec de grands détails le gisement de Faluns,

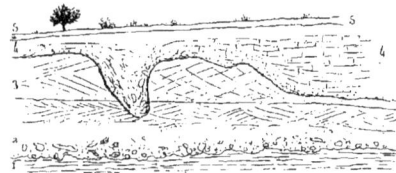

Coupe générale à Mirebeau [2].

5. Terre végétale; — 4. Sable gréseux, gros grains de quartz, pas de fossiles;
3. Sable aggluiné calcareux, Cerithium, petits fossiles;
2, Sable jaune calcareux, grossier, fossiles roulés, Bryozoaires, Ostréa, Conus, galets remaniés;
1, Argile grise ou verdâtre (Cénomanien).

unique dans le département de la Vienne, qui se trouve près de Mirebeau, au Moulin-Pochard, à cent dix mètres au-dessus du niveau de la mer. « Il est enfoui au contact de la plaine Oxfordienne avec les premières ondulations des grès verts...

[1] Poitiers, 1870.
[2] Ces coupes sont tirées, avec l'aimable permission des auteurs, de l'ouvrage en cours de publication de MM. G.-F. Dollfus et Ph. Dautzenberg sur les mollusques des Faluns.

Rien ne concorde mieux au surplus avec l'opinion admise que les dépôts faluniens eurent lieu au sein d'eaux marines perpétuellement agitées, triturantes, réduisant en sable les coquilles des mollusques qui y vivaient, que l'aspect de ces couches tourmentées, disposées en stratifications obliques et inclinées en plusieurs sens comme le sont les sables de transport dans les gisements de nos vallées... »

... Le dépôt de Moulin-Pochard a trois cent cinquante à quatre cents mètres de l'Est à l'Ouest et cent vingt mètres du Nord au Sud. Il a dix mètres d'épaisseur sur certains points. Le Falun est peu coquillifère. M. de Longuemar donne une

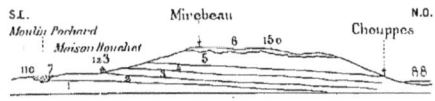

Coupe à Moulin-Pochard.

7, Faluns; — 6, Argile à silex; — 5, Tufau à Ostrea Columba Major; —
4, Craie argileuse verdâtre; — 3, Marne sableuse à Ostrea Columba Minor; —
2, Sables et grès verts; — 1, Argile Oxfordienne.

liste de deux espèces d'Annélides, quarante-deux Gastéropodes, cinquante-cinq Acéphales, seize Bryozoaires, quatre Échinodermes, trois Polypiers et quelques Végétaux?. Nous avons nous-même trouvé entre deux et trois cents espèces, avec une certaine peine, car le Falun est très abîmé.

M. de Longuemar dit que certaines espèces qui se trouvent dans le Falun girondin se trouvent au Moulin-Pochard et pas en Touraine. M. Peyrot, dans un petit écrit publié par la Société de géographie de Tours en 1901, fait la même remarque.

M. de Longuemar termine sa notice en disant qu'il considère « le Moulin-Pochard comme un prolongement des Faluns de Doué au fond d'un estuaire de la mer Falunienne de l'Anjou, plutôt que comme une dépendance directe des Faluns de Touraine ».

Nous possédons nous-même : Nassa semistriata Brocchi et Planorbis sp., que nous n'avons pas trouvés en Touraine. Que faut-il conclure de cette différence ?

DÉPOTS DU LOIR-ET-CHER

Rive gauche de la Loire. *Feuille de Blois* : Pontlevoy P, Thenay P, Contres P (Falun agglutiné), Soings S, Sambin S.

Rive droite de la Loire. *Feuilles de Blois et de Beaugency* : Villebaron ; La Chapelle-Saint-Martin, Morvilliers, Mulsans.

DÉPOTS EN INDRE-ET-LOIRE

(Au sud de la Loire.)

1º CANTON DE PREUILLY	Commune de Charnizay.
2º CANTON DU GRAND-PRESSIGNY	— de Ferrière-Larçon.
3º CANTON DE LA HAYE-DESCARTES	— de Paulmy.
	— de Cussay.
	— de Sepmes.

	Commune de La Chapelle-Blanche.
4° CANTON DE LIGUEIL	— de Manthelan.
	— du Louroux.
	— de Bossée.
	— de Louans.
5° CANTON DE SAINTE-MAURE	— de Sainte-Maure.
	— de Sainte-Catherine.
	— de Saint-Épain.

1er CANTON DE PREUILLY

Commune de Charnizay.

Au hameau de Limeray (139 mètres d'altitude) : une fosse dans la cour de la laiterie Penot, ouverte il y a cinquante ans ; une autre fosse dans un pré sur le même côté de la route, appartenant à M. Villeret et ouverte il y a dix ans.

Le sable ne sert qu'à la construction, le sol des environs étant naturellement mélangé de Falun ; il est blanc, peu coquillifère ; on n'y trouve que des coquilles communes, mais il y a beaucoup de Foraminifères. La couche de sable Falun passe sous le village et sous le château de Charnizay. Nous tenons de l'amabilité de Mlle de Montesquiou-Fezensac quelques coquilles mises au jour par le forage d'un puits dans les dépendances du château : Ostrea, Arca, etc.

2e CANTON DU GRAND-PRESSIGNY

Commune de Ferrière-Larçon.

En partant de la station du chemin de fer départemental, nous prenons un chemin rural et trouvons à notre gauche :

1° *La Croix-de-Fer.* Grande Falunière appartenant à MM. Gabrot, Bineau et Lamirault. Le Falun est coquillifère sans que nous y ayons trouvé d'espèces remarquables. Exploitation très active ; sable fin.

3° *La Placette.* Deux grandes Falunières très anciennes, appartenant à Mlles Cormier et M. Dubois ; sable fin, riche en petites espèces.

Nous traversons la route de Ferrière à Esves-le-Moustier et nous trouvons :

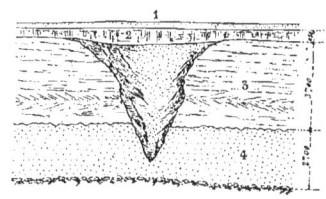

Coupe à Ferrière-Larçon.

1, Terre végétale. 0,10 ; — 2. Limon rougeâtre, 0,50 ; — 3, Sable blanc, fin, à Bryozoaires, 3,50 ; 4, Sable grossier, jaunâtre, à Venus subrotunda, cailloux roulés, 2 m.

3° *Les Peupliers.* Trois Falunières, dont la première, très remarquable, appartient à M. Penot ; c'est la meilleure de la région. Nous y avons trouvé : Conus Noë, Pandora inequivalvis, Hipponyx sulcatus, Scalaria torrulosa, Prasina Lecointreæ, Turbo Lecointreæ, Ranella anceps, Triton polyzonale, Epidromus, Acmæa, Cardium hirsutum, Pinna; très nombreux Pleurotomes et Bryozoaires. Tous en excellent état de conservation.

Au même endroit, deux autres Falunières, appartenant à M. Laugier, n'ont pas d'intérêt.

4° *Le Petit-Fresne.* Toujours à droite de cette même route. Falun blanc, fin : aucune espèce nouvelle. Appartient à M. Mourruau.

5° *La Grande-Varenne.* Falunière à peu près abandonnée.

6° *Boutterie.* Aussi à peu près abandonnée. Propriété de M. Bonneau.

7° *La Chesnaye.* Une Falunière d'un grand intérêt, appartenant à M. Jouteux. Le sable, très fin, doit être vu à la loupe ou au microscope. Parthenina, Pharus Saucatsensis, Ringicula sp. Nombreuses radioles de Scutelles et d'Oursins. Une espèce d'Oursin sp. Fibularia Lecointreæ, dont nous avons trouvé six exemplaires et n'en avons jamais trouvé que là.

Commune de Paulmy (hameau de Pauvrelay).

1° Une carrière au nord du chemin rural, ouverte il y a dix ans. Appartient au comte de Sarrazin. Sable fin, peu de coquilles.

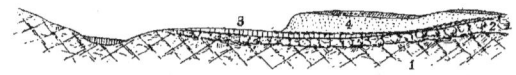

Coupe générale à Paulmy.

4, Falun; — 3, Calcaire lacustre, ravinant la Craie; — 2. Argile à Silex; — 1, Craie marneuse.

2° Une carrière au nord du chemin rural, ouverte il y a cent cinquante ans. Appartient à M. Nivart. Sable jaune très riche en coquilles, grosses espèces : Xenophora, Meleagrina, Bryozoaires. A la base, Calcaire lacustre percé de Lithodomes.

3° Une carrière (les Sablonnières), au nord du chemin rural, ouverte il y a deux cents ans. Appartient à M. Berger. Sable blanc très riche, avec Panopæa, Auriculidæ, Cardita Oyroni. Troncs d'arbres.

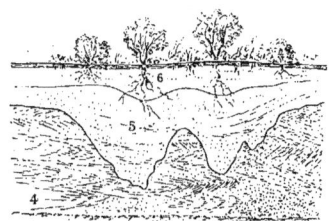

Sablière de Pauvrelay (les Sablonnières).

6. Sable limoneux; — 5, Falun altéré; — 4, Falun normal.

4° Une carrière à La Nauraye, route de Ligueil au Grand-Pressigny, ouverte il y a cinquante ans. Appartient à M. Beaudoin-Pagé. Falun agglutiné, reposant sur la craie. Pas de coquilles. On tire le Falun pour sabler la cour de ferme ; il durcit à l'air.

Coupe à Pauvrelay (les Sablonnières).
6, Sable limoneux ; — 4, Falun normal ; — 3, Calcaire lacustre.

3ᵉ Canton de La Haye-Descartes

Ce canton nous offre deux bandes de Falun à ses deux extrémités : nord et sud.

Commune de Cussay.

La Simbauderie (128 m.). Appartenant au maître Guéritault-Doucet, de la Brangerie. On ne tire du sable que pour l'usage d'une petite borderie. Falun fin sur du calcaire d'eau douce, gisement situé au coin d'un petit bois dans une prairie. Peu de coquilles, pas de Bryozoaires.

Le Bossard (128 m.). Appartenant à M. Creuzon, notaire à Ferrière-Larçon. Carrière située au sommet d'une colline de marne calcaire ; on en tire une vingtaine de mètres cubes par an ; pas de bons fossiles, peu de Bryozoaires. Arca Turonica, Murex Dujardini.

Commune de Sepmes.

Deux Falunières extrêmement intéressantes au lieu dit *Rainceron*, au nord de la route de Bossée à Sainte-Maure. Dans chacune d'elles, ouverte il y a plus de cent ans, on tire au moins deux cents mètres cubes par an. Propriété de MM. Jérémie Raguin et Stanislas Raguin, de la Pagerie. Pusionella, Chenopus.

La Jaltière. Propriété de M. Queneau. Falunière ouverte il y a cent ans. On tire quatre-vingts mètres cubes tous les deux ou trois ans. Très coquillère. La plus intéressante du pays : Fusus Burdigalensis, Tellina ventricosa, Cardium hirsutum, Desmoulinsia, Murex Grateloupi, Triton tuberculiferum, Cyclostoma, Cancellaria, Chenopus, Murex brandaris, Lucina fragilis, Jagonia reticulata, Jagonia decorata, Rissoa. Les Bryozoaires sont très roulés.

4ᵉ Canton de Ligueil.

Commune de Ligueil.

Le gîte de *La Barre* (124 m.) ne nous a offert qu'une vieille marnière abandonnée.

Commune de La Chapelle-Blanche.

La Houssaye (118 m.). Auprès de la ferme de ce nom, une pièce de terre autour de la Falunière actuelle est parsemée de trous rebouchés ; il y a plus de quatre cents ans qu'on tire du Falun dans cet endroit ; les murs du château de Grillemont sont liés avec du mortier des sables de La Houssaye. Propriétaire, comte P. Lecointre. Falunière à faciès grossier, gros cailloux roulés. Tellina strigosa, Strombus coronatus, Hinnites Dubuissoni.

La Métairie Neuve. Au sud de la ferme, carrière de sable siliceux, mélangé
de terre; pas de fossiles. Ouverte il y a cent cinquante ans. Propriétaire, comte
P. Lecointre.

Le « Solitaire de la Chapelle-Blanche » indique dans son manuscrit que, en
creusant un puits dans le village de La Chapelle-Blanche, il a trouvé du sable
Falun à quarante-huit pieds de profondeur. Nous pensons qu'il se trompe. (Voir
Ch. VIII.)

Commune de Manthelan.

Il est difficile d'énumérer toutes les Falunières de la commune de Manthelan ;
il y en a tous les cinq cents mètres.

Raimbault (118 m.), à l'est de la route de Ligueil à Manthelan. On tire à
peu près soixante mètres cubes par an. Propriétaire, M. Julienne. Ouverte en
1850. Peu de coquilles.

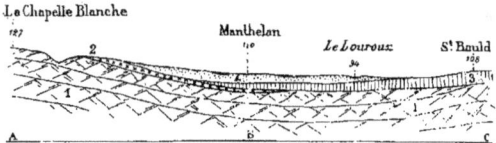

Coupe générale du plateau de Manthelan.

4, Falun; — 3, Calcaire lacustre ravinant la Craie; — 2, Argile à Silex; — 1, Craie marneuse;
A, Anticlinal de Ligueil; — B, Synclinal de Manthelan; — C, Anticlinal de Loches.

La Placière. Même situation. Quelques mètres cubes chaque année. Propriétaires, comte P. Lecointre, M. Chrétien. Peu de coquilles ; une bonne espèce :
Tapes Vindobonensis.

Launay (113 m.). Même situation. Deux carrières dont une dans la cour de
la ferme, ouverte il y a soixante ans. Propriétaire, M. Arnault, de Manthelan.
Quatre-vingts mètres cubes par an. Coquillifère : Mytilus, gros Syphonium,
Tapes decussatus, Tapes vetulus, Melongena cornuta.

La Ternière (117 m.), à l'ouest de cette même route. Ouverte en 1850. On en
tire cinquante mètres cubes par an. Propriétaire, M. Moreau. Nous avons trouvé
dans ce gîte un bon moule de Teredo.

Une Falunière considérable, appartenant à M. Bonamy, vient d'être abandonnée entre La Ternière et Tételain.

Bel-Ébat. Portée, sur les anciens livres, à l'entrée du bourg de Manthelan, est
convertie en vivier.

La Baronnerie.

La Bretonnière. Deux Falunières se touchant, ouvertes il y a quatre-vingts ans,
au nord de la route de Manthelan à Bossée. Appartenant à MM. Guérin et Brault.
Sable fin, très riche en espèces microscopiques : Vanikoro, Parthenina, Rissoa,
Clausilia, Solariella. Peu de Bryozoaires.

Le Clos, à l'ouest de Manthelan. La Falunière la plus près du bourg. Appartient à MM. Naulet et Bertin. On en tire soixante à quatre-vingts mètres cubes.
Le sable est blanc et fin, mêlé de grosses espèces : Conus Puchsi?, Murex Aquitanicus, Foraminifères.

Le Petit-Clos, à l'ouest de Manthelan. Ouverte il y a trente-cinq ans. Appartient à M. Boucher.

Le Petit-Clos. Ouverte il y a trente ans. Appartient à M. Babin. Rien d'intéressant.

Les Prênes, au nord de la ligne du chemin de fer départemental. Appartient à M. Babin. Ouverte en 1907. Type savignéen, sable jaune, grosses espèces : Strombus coronatus.

Commune du Louroux.

Le Petit-Bray. Appartient à M. Pichon. Ouverte il y a cinq ans. On en tire deux cents mètres cubes par an. Psammobia Labordei, Solenocurtus Basteroti. A la base, calcaire d'eau douce percé de Pholades.

Le Petit-Bray. Appartient à MM. Gaultier et Bienvault. Ouverte il y a trente ans.

La Garenne. Falunière dépendant de la ferme de M. Raguin au Grand-Bray. Ouverte il y a cinquante ans. Sable jaune, grosses espèces.

Le Grand-Bray. Appartient à M. Signolet, exploitation active. Deux cents mètres cubes par an. Grosses espèces : Murex, Monoceros. Ossements. Polypiers.

Coupe au Grand-Bray (Le Louroux).

3, Limon brunâtre; — 2, Sable jaune fossilifère en lits obliques; — 1, Sable grossier avec gros galets et débris roulés (niveau d'eau).

Beauvais. Au nord de la route de Manthelan au Louroux. Appartient à M. Mourruau. Ouverte il y a trente ans. Grosses espèces, encroûtées de spongiaires et de lithothamnium. Tellina crassa, Zonites, ossements, dents.

Les Courseulles, au sud de l'Étang. Appartient à MM. Souty et Gauthier. Ouverte il y a dix ans. Sable grossier sans coquilles.

La Gitonnière (110 m.), sur la route du Louroux à Bossée. Appartient aux habitants du hameau, MM. Gouler, Couratin, Moreau. Le Falun jaune, grossier, était si peu avantageux, qu'on a renoncé à l'exploitation.

Les Girardières (112 m.), au nord de la route du Louroux à Sainte-Maure. Appartient à M. Avenet. Ouverte il y a quatre-vingt-dix ans. Sable mêlé de terre; sans intérêt pour les collectionneurs.

Le Buisson, au sud de la même route. Appartient à M. Delhommais. Sable sans intérêt.

Commune de Bossée (Falunières abandonnées) :

La Fosse-Berton, citée, par erreur, falune par droit à La Pennière.

La Renauderie.

La Laudière, à M. Guérin.

La Péchauderie, à M. Du Camp. Cent cinquante ans. Abandonnée il y a vingt ans.

Le Milleraye.

Les Grangers.

Les Sablières de la ferme de *l'Armandière*. Sable remarquable, disent les anciens faluniers : Zoophytes, Céphalopodes, etc. Exploitée pendant cent cinquante ans, abandonnée il y a dix ans.

La Croix-des-Bruyères.

Le Vivier, au bourg.

Une Falunière au nord de la route de Sainte-Maure, à deux cents mètres du bourg.

Commune de Bossée (Falunières exploitées) :

La Pantochère (route de Manthelan à Bossée). Deux trous appartenant à MM. Boutet, Guérin et Saulquin. Ouverts il y a vingt-cinq ans, rarement exploités. Espèces spéciales : Eastonia, Venus.

Le Bulottière (route du Louroux). Pas intéressant.

Le Carroi (derrière la Jaltière). Peu intéressant. Tellina crassa, type.

La Benauderie (route de Sainte-Maure). Sable jaune, mêlé de terre. Rien d'intéressant.

Commune de Louans.

Il y a quatre groupes de Falunières situées au sud du bourg, à cinquante à cent mètres du clocher. Partant de Louans sur la route de Villeperdue, nous trouvons à gauche des fosses appartenant à MM. Moreau, Gaby, Fouassier, Bergeot : *Grande Rue*. En face, à droite, une fosse remarquable pour sa richesse coquillière appartient à M. Brisset : *Petite Rue*. Un peu plus loin du bourg, des trous modestes appartenant à MM. Bonvallet et Georget : *les Grands Prés*. En face du cimetière, deux grandes Falunières appartenant à MM. Penault et Fouassier.

Le Falun fin, riche en coquilles, est situé sur le Calcaire Lacustre. Espèces spéciales : Zonites, Helix, Solariella, Turbo sp., Trochus sp., Cardium pectinatum, Cardium discrepans, etc. Les Pirula sont en très grand nombre.

On tire de ces Falunières plusieurs centaines de mètres cubes de Falun chaque année ; il en est porté dans les terres.

5ᵉ CANTON DE SAINTE-MAURE

Commune de Sainte-Maure (Falunières abandonnées) :

La Retardière.

Le Grand-Houteau, à M. Désiré Rancher.

La Renaudière.

La Seguinière, à la ville de Sainte-Maure. Ouverte il y a cent cinquante ans.

La Pennière, à M. L. Raguin. Fermée en 1890, exploitée cent dix ans. Sable sans coquilles.

La Boisselière, à Mᵐᵉ Billard. Ouverte pendant cent ans. On n'en tire plus.

La Cochetière, à M. Désiré Rancher.

Falunières ouvertes :

Les Maunils, à M. Rancher-Rabault, cent mètres cubes en 1898. Ouverte il y a cent cinquante ans. Espèces spéciales : Concholepas, Venus Burdigalensis, Buchozia.

La Crôneraie, à M. Rancher-Rabault. Quatre cents mètres cubes en 1898. Ouverte il y a cent cinquante ans. Espèces spéciales : Murex Lassaignei, Unio Frerei.

Commune de Sainte-Catherine-de-Fierbois.

La Pagerie (110 mètres), abandonnée.

La Tinnelière. La Falunière appartient aux habitants du hameau; on en tire
peu de Falun. Ouverte il y a cent cinquante ans.

Château de Comacre (116 mètres), abandonnée.

La Mauricière (113 mètres), abandonnée.

Les Jaux. Falun blanc, fin, mélangé de terre; exploité depuis cent ans au moins.
Sable excellent pour l'agriculture; aucun intérêt pour les collectionneurs.

Commune de Saint-Épain.

Six Falunières se trouvent dans un espace de deux cents mètres carrés, près du
hameau des Berthelonnières, en face de La Picaudière, à l'ouest du chemin de
Sainte-Catherine à Saint-Épain.
Elles appartiennent : 1° à Mme
Vve Thomas ; 2° M. Caillaud ; 3°
M. Archambaud ; 4° M. Jahan (de
Valet); 5° M. Chichery; 6° M. Colas.
Ces Falunières contiennent toutes
un sable très fin, blanc, plus ou
moins mélangé de terre; on extrait
quatre-vingts à cent mètres cubes
par an de l'ensemble. Les seules
intéressantes pour les collectionneurs sont celles de M. Caillaud,
dont la fouille profonde montre les
couches inférieures des Faluns
avec gros Pecten et Scutelles, et
celle de M. Colas, où nous avons

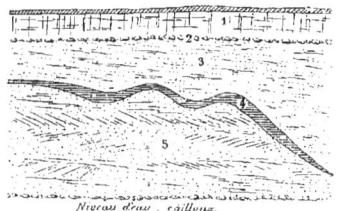

Coupe à Saint-Épain (La Picaudière).

1, Limon ; — 2, Bande de cailloux quartzeux ; — 3. Sable
argileux, quartzeux, verdâtre, formant des poches, 1 à 5 m ;
— 4. bande argileuse rouge; — 5, Sable quartzeux blanc
et gris, très coquillier, visible sur 5 m.

trouvé Scutella Faujasi et Cardita lœvicosta. Les petites espèces sont *en place*
dans toutes ces Falunières. Nous y avons trouvé : Leda fragilis, Leda pella,
Triomphalia Bonneti, Helix sp., Solariella sp., Rissoa sp., Trochus Denainvillersi.

DÉPOTS EN INDRE-ET-LOIRE

(Au nord de la Loire)

1° CANTON DE LANGEAIS	⎰ Commune de Saint-Michel-sur-Loire.
	⎱ — d'Avrillé.
	— de Cléré.
2° CANTON DE NEUILLÉ-PONT-PIERRE	— de Semblançay.
	— de Savigné-sur-Lathan.
	— de Rillé.
	— d'Hommes.
3° CANTON DE CHATEAU-LA-VALLIÈRE	— de Courcelles.
	— de Channay.
	— de Saint-Laurent-de-Lin.

1° CANTON DE LANGEAIS

Commune de Saint-Michel-sur-Loire.

La Galerie. Gros Pecten, coquilles encroûtées. Fermée.
La Croix-Blanche, nivelée.
La Guériverie, entre Saint-Michel et Pont-Boutard. Gros Pecten. Carrière pauvre.

Commune d'Avrillé.

Le Boullay, carrière pauvre.
La Davière, carrière pauvre reposant sur le calcaire lacustre sans fossiles.

Commune de Cléré.

La Picardie et *La Berthelière.* Deux grands gisements, appartenant à M. Gasnault, le régisseur du château de Luynes. Très riches en coquilles et en Bryozoaires superbes.
La Fosse-Sèche. Même richesse que les précédentes.
La Sablière. Falun plus agglutiné, pas ou peu de mollusques.
Les Cormiers. Falun jaune, grossier, riche en beaux Bryozoaires ; mollusques encroûtés...

2° CANTON DE NEUILLÉ-PONT-PIERRE

Commune de Semblançay.

A seize kilomètres au nord de Tours. Entre le château de Dolbeau et celui du

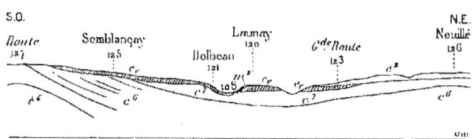

Coupe générale à Semblançay.

ia², Faluns; — c⁵, Calcaire lacustre Éocène ; — c⁵, Argile à silex ; —
c⁷, Senonien; — c⁶, Turonien ; — c⁴, Cénomanien.

Petit-Launay, une prairie avec petite fouille. Galets. La Faune est celle de Pontlevoy S. A peu près abandonné en 1900, et entièrement abandonné en 1907.

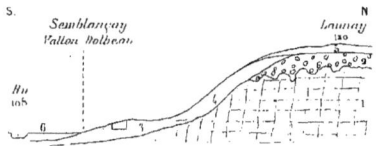

Détails du vallon Semblançay.

6, Tourbe ; — 5, Limon caillouteux ; — 4, Sable granitique argileux rougeâtre, Falun altéré ; —
3, Sable granitique calcareux gris
très fossilifère ; — 2, Argile à silex ; — 1, Craie de Villedieu.

Le gîte de Semblançay, que nous regrettons beaucoup de voir se fermer, est intéressant au point de vue géologique. Il est isolé et séparé des Falunières du canton de Château-La-Vallière, par une ligne anticlinale [1] très prononcée.

[1] Ligne de points hauts.

MM. G.-F. Dollfus et Ph. Dautzenberg donnent une liste de quatre-vingt-quinze espèces trouvées il y a vingt ans dans cette Falunière.

3° CANTON DE CHATEAU-LA-VALLIÈRE

Commune de Savigné-sur-Lathan.

MM. Dollfus et Dautzenberg indiquent dans leur Introduction déjà citée :

Une carrière près de la station. Peu de fossiles : Chlamys scabrella en grande quantité.

Les Beillaux. Falun un peu durci, avec peu de fossiles : Chlamys, Pecten.

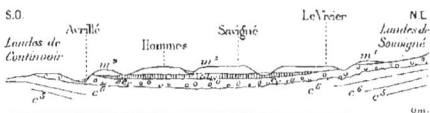

Coupe générale du Bassin de Savigné-sur-Lathan.

m², Faluns, facies Pontilévien ; — *m¹*, Sables granitiques ; — *m³*, Calcaire lacustre ; — *e⁵*, Argile à silex ; *e⁶*, Craie Turonienne ; *e⁶*, Cénomanien supérieur.

Nous avons vu aussi :

Les Maridonnaux, sur la route de Savigné à Hommes. Grandes carrières. Moules de Mollusques, dents de Squales. Falun aggluliné en moellons. Ces carrières produisent les matériaux dont est bâti le village de Savigné-sur-Lathan.

Les Beaugis. Une carrière appartenant à la commune et une appartenant à M. Lamiche, où se trouvent d'énormes et intéressants Bryozoaires.

Les Bernaux. Même Faune, Bryozoaires et Oursins, Prospatangus Britannus.

Commune de Rillé.

Au nord de l'église, MM. D. D. signalent une Falunière que nous n'avons pas pu visiter nous-même.

Commune d'Hommes.

MM. D. D. indiquent dans la direction de Savigné plusieurs exploitations. Même Faune que dans les Maridonnaux.

Le Haut-Bois, où le Falun est extrêmement varié, puisqu'il s'y trouve d'un côté de la carrière

Carrière à Hommes.

4, Terre végétale rougeâtre ; — 3, Falun blanchâtre en lits obliques ; — 2, Sable Falunien grossier, graveleux ; — 1, Calcaire lacustre, gris, corrodé, perforé par des Lithodomes sur 0,20.

presque de la pierre, et de l'autre côté du sable très meuble. Peu de fossiles.

Commune de Courcelles.

Note de MM. D. D. :

Dans cette commune, Falun aggluliné avec Bryozoaires bien dégagés. Pecten et Lithothamnium. Blocs de Calcaire d'eau douce perforés par des Lithodomes.

Château de Chantilly. Falunière très riche en Bryozoaires.

Château de La Briche. Très belle carrière servant à la belle exploitation de la Briche. Oursin sp. : Tristomanthus Lecointreæ.

Plusieurs autres Falunières, n'offrant pas un intérêt spécial.

Commune de Channay.

MM. D. D. signalent à sept cents mètres au sud du clocher une carrière avec Falun tout à fait aggluliné en pierre très dure.

Le Mortier, sur la route de Courcelles. Falun très jaune; coquilles très abimées.

Commune de Saint-Laurent-de-Lin.

La Place. Rien de spécial. Base de Calcaire lacustre.

La Guillonnière. Même base, sable humide, peu de coquilles.

Nous n'avons pas trouvé de différence très appréciable entre les espèces du nord ou du sud de la Loire. Au nord nous avons trouvé, à l'état de moules, les mêmes espèces que nous trouvions à l'état libre dans les Falunières du sud.

D'une manière générale, on peut dire que toutes les espèces de coquilles de Mollusques ou autres restes de la mer des Faluns se trouvent dans *toutes* les Falunières. En effet, cinq cents formes sont communes et se rencontrent partout; mais il est évident aussi que certaines coquilles ne se trouvent que dans un endroit déterminé. Si cet endroit est une Falunière qui se ferme, l'espèce qui y pullulait devient introuvable. Souvent le Falun est dans des poches. Une fois que tout est extrait, il n'y a plus à retrouver les mêmes fossiles. Telle espèce rarissime devient commune si on découvre l'endroit où elle pullulait autrefois. Ce fait s'est passé en particulier pour les Chenopus. C'était un genre introuvable; nous avons découvert un endroit à Bossée où on en ramasse tant qu'on en veut. Si nous supposons que cette Falunière soit fermée ou épuisée, comme on ne rencontre de Chenopus nulle part ailleurs, ce genre redeviendra rare.

Nous reproduisons ci-contre, d'après la brochure de M. G.-F. Dollfus sur les *Derniers mouvements du sol dans le bassin de Paris et en Touraine*, une carte détaillée de l'ensemble du Golfe des Faluns, et deux cartes dressées par nous indiquant *soulignés* les noms des communes, au nord et au sud de la Loire, où il y a des Falunières.

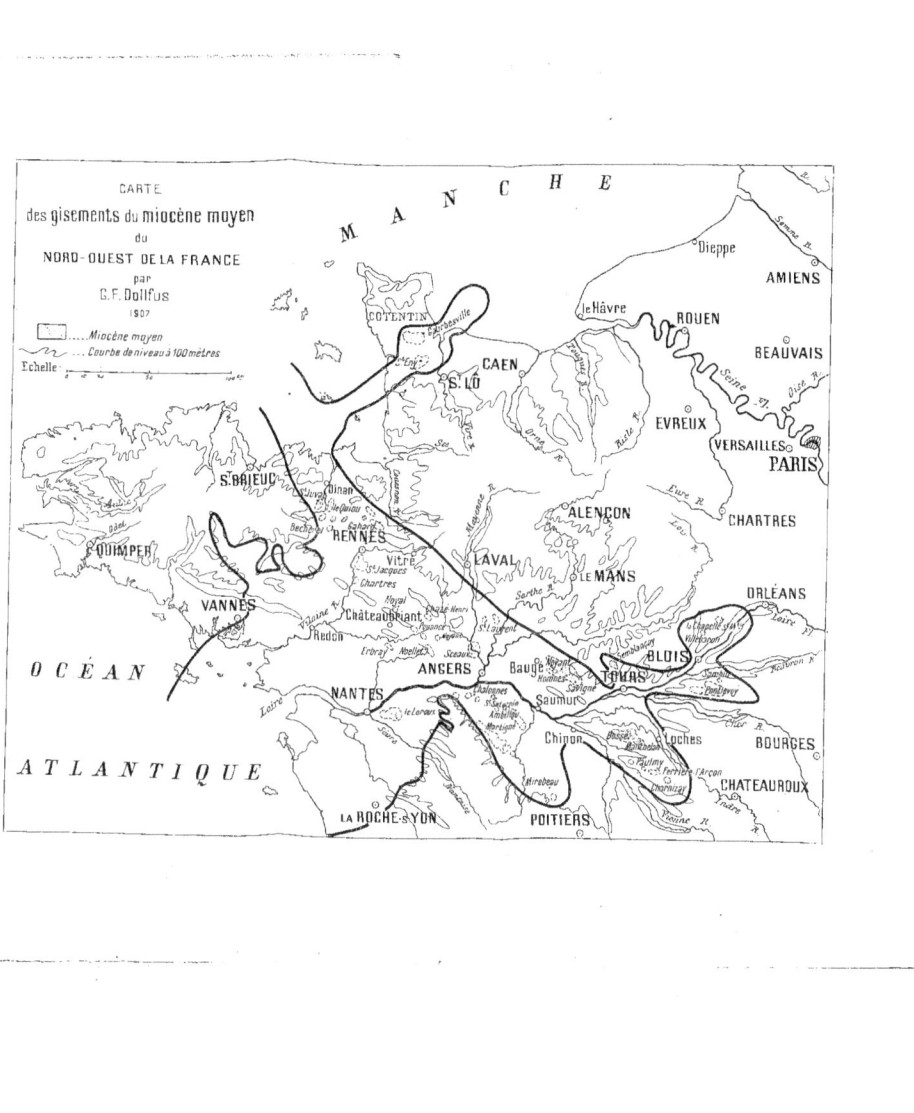

CARTE
des gisements du miocène moyen
du
NORD-OUEST DE LA FRANCE
par
G.F.Dollfus
1907
......Miocène moyen
.... Courbe de niveau à 100 mètres
Echelle

MANCHE

Dieppe
AMIENS
le Hâvre
ROUEN
BEAUVAIS
COTENTIN
Barfleur
CAEN
St LÔ
EVREUX
VERSAILLES
PARIS
St BRIEUC
Dinan
ALENÇON
CHARTRES
QUIMPER
RENNES
Vitré
LAVAL
le MANS
VANNES
Châteaubriant
ORLÉANS
Redon
BLOIS
OCÉAN
ANGERS
Baugé
TOURS
NANTES
Saumur
LOCHES
Chinon
BOURGES
ATLANTIQUE
CHATEAUROUX
LA ROCHE-SYON
POITIERS

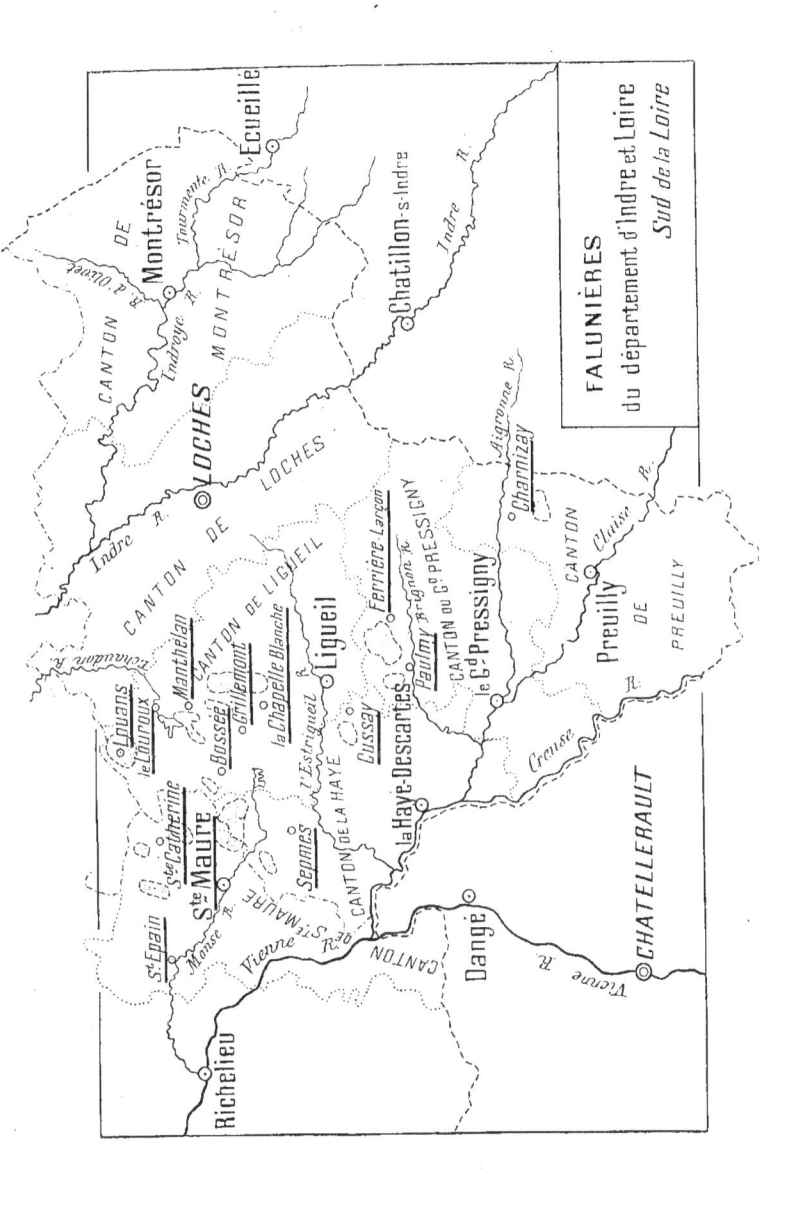

FALUNIÈRES
du département d'Indre et Loire
Sud de la Loire

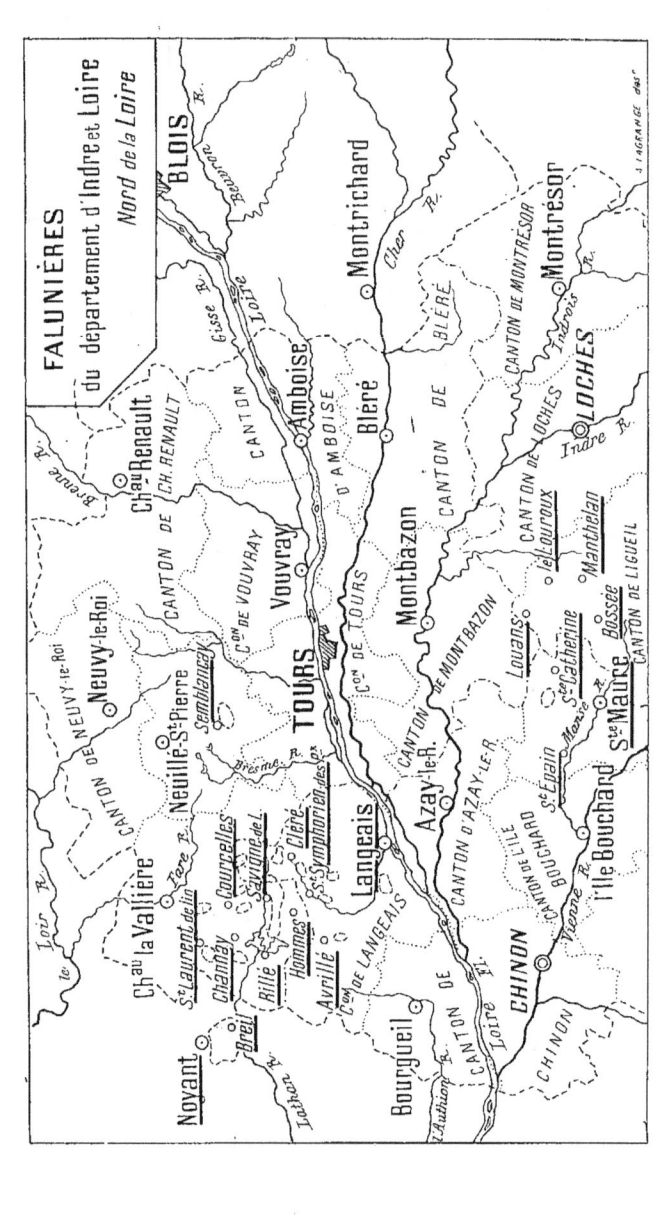

FALUNIÈRES
du département d'Indre et Loire
Nord de la Loire

CHAPITRE VI

PALÉONTOLOGIE DU GOLFE

Restes végétaux. — Nous trouvons, dans nos sables des Faluns, d'énormes blocs de bois pétrifié. Les anciens auteurs disaient que ces blocs provenaient de troncs de palmiers; ceux que nous avons rencontrés, analysés au Muséum par la complaisance de M. Bonnet, sont tous de la famille des Conifères.

Nous possédons, dans la collection du château de Grillemont, une souche de conifère pesant cinq à six cents kilos, venant d'une des carrières de Pauvrelay. Nous la tenons de l'amabilité de la marquise d'Oyron, alors propriétaire de cette Falunière.

Un arbre fossile d'une taille énorme fut découvert, nous dit le « Solitaire de la Chapelle-Blanche », en l'année 1771, dans les Falunières de Grillemont (probablement dans une des carrières de La Houssaye, seules ouvertes à cette époque). Cet arbre ne put être extrait en entier, à cause de sa pesanteur. On en envoya cependant une partie à Paris, au Muséum (?). Qu'était-ce comme espèce ?

M. de Longuemar cite quelques restes d'un conifère : Peuce Pictaviensis, à Mirebeau.

Les Lithothamnium sont fort nombreux. Nous en connaissons sept ou huit espèces. Cette branche n'a pas encore été étudiée et réserve des surprises. Les plus beaux spécimens se trouvent aux environs de Savigné-sur-Lathan et du Louroux.

Si notre mer des Faluns nous a laissé peu de restes de végétaux, en revanche elle nous a abandonné de nombreux débris d'animaux : Mammifères, Mollusques, Zoophytes, Foraminifères. Les eaux qui pénétraient dans le Golfe des Faluns devaient être chaudes, avoir au moins la température moyenne de 22°. La Faune du Golfe se rapproche de la Faune actuelle du Sénégal. MM. Dollfus et Dautzenberg l'ont fait remarquer à plusieurs reprises, et les nouvelles trouvailles que nous avons faites depuis quelques années ont corroboré cette opinion.

Les Sables Faluns ont bien conservé la plupart des Mollusques et organismes de tous genres à enveloppes calcaires ou siliceuses; mais le sable meuble, comparable à celui des plages actuelles, n'a pas gardé les formes des animaux mous, comme l'ont fait certains calcaires d'autres terrains. Donc, à notre grand regret, beaucoup de formes manquent dans les embranchements inférieurs ou sont en si mauvais état, qu'on ne les étudie qu'avec peine.

Notre désir est cependant d'arriver à une précision aussi grande que possible dans l'étude des « Formes inférieures de la vie dans les Faluns », et, ayant eu la promesse d'une aimable hospitalité dans la *Feuille des jeunes Naturalistes,* nous nous proposons de demander successivement à des spécialistes d'étudier et classer, en vue de publication, les spécimens que nous avons recueillis de ces espèces si négligées.

Nous donnons ici une énumération des formes animales du Golfe des Faluns. Cet inventaire est nécessairement provisoire, puisque nous trouvons des formes nouvelles chaque année. Une liste de Mollusques a été publiée en 1886 par MM. G.-F. Dollfus et Ph. Dautzenberg; des listes locales ont été données aussi de la Faune de telle ou telle localité. Mais un inventaire d'ensemble n'a jamais été essayé. Il nous a paru intéressant de le faire, nous nous excusons de sa sécheresse indispensable.

Pour le classement des embranchements, nous avons suivi les ouvrages de MM. Delage et Herouard (1896) et L. Roule (1898).

LISTE DES EMBRANCHEMENTS

Protozoaires :	1°	Rhizopodes	+
—	2°	Sporozoaires	—
—	3°	Flagellés	—
—	4°	Infusoires	—
Mésozoaires :	5°	Mésozoaires	—
Métazoaires :	6°	Spongiaires	+
—	7°	Hydrozoaires	?
—	8°	Scyphozoaires	+
—	9°	Échinodermes	+
—	10°	Plathelminthes	—
—	11°	Mysostomides	—
—	12°	Acanthocéphales	—
—	13°	Némathelminthes	—
—	14°	Trochozoaires	+
—	15°	Chétognathes	—
—	16°	Arthropodes	+
—	17°	Péripatides	—
—	18°	Diplocordés	—
—	19°	Hémicordés	—
—	20°	Cordés	+

Protozoaires, 1.

Rhizopodes.

Foraminifères.

(Étude en cours par M. R. Douvillé.)

Textularia,
Globigerina.

Polymorphina, 3 esp. $\left\{\begin{array}{l} \text{P. ovata, d'Orbigny.} \\ \text{P. lactea, P. et J.} \\ \text{P. problema, d'Orbigny.} \end{array}\right.$

Polystomella crispa, d'Orbigny.
Rotalina Soldani, —
Triloculina consobrina, —
Nummulina, voisine de Num. radiata, d'Orbigny.

Métazoaires, 6.

Spongiaires.

Vioa.
Cliona.
Suberites.

MÉTAZOAIRES, 8.

Scyphozoaires.

Polypiers.

(Étude en cours par M. G.-F. Dollfus.)

Dendrophyllia,	7 esp.
Balanophyllia,	3 esp.
Cladocora,	1 esp.
Cladangia,	3 esp.
Cryptangia,	2 esp.
Lithodendron,	2 esp.
Astrea,	4 esp.
2 esp. sp. ?	

MÉTAZOAIRES, 9.

Échinodermes.

(Étude par M. Lambert de Troyes, dans la *Feuille des jeunes Naturalistes,*
décembre 1907, janvier et février 1908.)

1º Arbacina, 1 esp.	Arbatia monilis, Agassiz.
2º Fibularia, 1 esp.	Fibularia Lecointreæ, Lambert.
3º Scutella, 4 esp.	1º Sc. Brongnarti, Agassiz.
	2º Sc. producta, Agassiz.
	3º Sc. stellata, Agassiz.
	4º Sc. Faujasi, Defrance.
4º Amphiope, 1 esp.	Amphiope bioculata, Desmoulins.
5º Tristomanthus, 1 esp.	Tristomanthus Lecointreæ, Lambert.
6º Spatangus, 1 esp.	Prospatangus Britannus, Bazin.

Crinoïdes.

Quelques débris : tiges et articles brachiaux.

MÉTAZOAIRES, 14.

Trochozoaires.

Tentaculifères.

(Étude en cours par M. F. Canu.)

CLASSE I. — *Bryozoaires cheilostomes.*

Membraniporidæ :	Membranipora,	5 esp.
—	Tremopora,	1 esp.
—	Trochopora,	1 esp.
Onychocellidæ :	Onychocella,	1 esp.
—	Lunulites,	2 esp.
Opesinlidæ :	Gargantua,	1 esp.
—	Rhagasostoma,	1 esp.
—	Micropora,	2 esp.
—	Cupularia,	2 esp.

Costulidæ :	Cribilina,	1 esp.
Cellaridæ :	Cellaria,	2 esp.
—	Melicerta,	2 esp.
Microporellidæ :	Microporella,	3 esp.
—	Lobopora,	1 esp.
Escharidæ :	Schizoporella,	6 esp.
—	Retepora,	2 esp.
—	Hippoporina,	5 esp.
—	Smittia,	2 esp.
—	Porella,	4 esp.
—	Peristomella,	1 esp.
Celleporidæ :	Cellepora,	3 esp.
—	Cerebripora,	1 esp.
Terebriporidæ :	Spathipora,	1 esp.

CLASSE II. — *Bryozoaires Cyclostomes.*

Diastoporidæ :	Mesenteripora,	1 esp.
Entaloporidæ :	Entalopora,	3 esp.
Idmonidæ :	Idmonea,	2 esp.
—	Filisparsa,	2 esp.
—	Hornera,	6 esp.
Galeidæ :	Lichenopora,	2 esp.
—	Heteropora,	6 esp.
Cerioporidæ :	Ceriopora,	5 esp.

MÉTAZOAIRES, 14.

Trochozoaires.

Tentaculifères.

Brachiopodes :

Craniæ :	Crania.
Rhynchonellidæ :	Rhynchonella.
Terebratulidæ :	Terebratula.
Thecideidæ :	Thecidea.
Megathyridæ :	Cistella.
Discinidæ :	Discina.

MÉTAZOAIRES, 14.

Trochozoaires.

Annélides.

(Étude par M. le professeur Rovereto.)

Tubicoles :	Serpula,	1 esp.
—	Spirorbis,	1 esp.
—	Ditrypa,	1 esp.

Tubicoles :	Pomatocerus,	1 esp.
—	?	1 esp.
—	Terebella,	?
—	Sabella,	?
—	Filograna,	?
—	Hydroïdes,	?
—	Protula,	?

Lyell et Deshayes ont signalé, en 1831, 144 espèces de Mollusques dans les Faluns de Touraine, dont 49 p. 100 d'espèces vivantes. Dujardin relève, en 1837, 248 espèces, dont 25 p. 100 vivantes. La liste de MM. D. D..., en 1886, donne 647 espèces. 23 p. 100 vivantes. Nous-même cataloguons ici près de 700 espèces, dont il nous semble qu'un grand nombre pourront être séparées et classées, au moins comme variétés. Nous pensons, avec les trouvailles nouvelles faites chaque année, arriver à un millier d'espèces pour les Mollusques seuls.

En Maine-et-Loire, la liste de M. Bardin, en 1881, était de 305 espèces; celle de M. Couffon, dans le même département, est. en 1908[1], de 634 espèces.

MÉTAZOAIRES, 14.

Trochozoaires.

Mollusques.

(Classification de Fisher dans *Manuel de Conchyliologie*, 1887, sauf pour 85 espèces déjà classées par MM. Ph. Dautzenberg et G.-F. Dollfus.)

Gastropodes Holostomes :

Limacidæ :	Zonites,	1 esp.
Helicidæ :	Helix,	9 esp.
Auriculidæ :	Auricula,	3 esp.
—	Alexia,	3 esp.
—	Plecotrema,	2 esp.
—	Cassidula,	1 esp.
—	Melampus,	1 esp.
—	Leuconia,	1 esp.
Limnæidæ :	Limnæa,	1 esp.
—	Planorbis,	2 esp.
Gadiniidæ :	Gadinia,	1 esp.
Actæonidæ :	Actæon,	6 esp.
—	(S. G. Leucotina),	2 esp.

[1] *Bulletin de la Société d'études scientifiques.* Angers.

Tornatinidæ :	Tornatina,	4 esp.
—	(S. G. Utriculus),	2 esp.
Scaphandridæ :	Scaphander,	1 esp.
—	Cylichna,	2 esp.
Bullidæ :	Bulla,	3 esp.
—	Haminea,	2 esp.
Ringiculidæ :	Ringicula,	6 esp.
Vermetidæ :	Vermetus,	6 esp.
—	Siphonium,	1 esp.
—	Siliquaria,	2 esp.
—	Spiroglyphus,	1 esp.
—	(S. G. Vermiculus),	3 esp.
Turritellidæ :	Turritella,	14 esp.
—	(section Haustator),	4 esp.
—	Mesalia,	1 esp.
—	Mathilda,	1 esp.
—	Protoma,	4 esp.
Cæcidæ :	Cæcum,	1 esp.
Melanidæ :	Melania,	2 esp.
—	Melanopsis,	1 esp.
—	Sandbergeria?,	1 esp.
Littorinidæ :	Littorina,	2 esp.
—	Lacuna,	1 esp.
Fossaridæ :	Fossarus,	3 esp.
Solariidæ :	Solarium,	4 esp.
Rissoidæ :	Rissoa,	21 esp.
—	Rissoïna,	6 esp.
Hydrobiidæ :	Bithinella,	6 esp.
—	Amnicola,	1 esp.
—	Bithinia,	6 esp.
—	Nystia,	1 esp.
Paludinidæ :	Paludina,	1 esp.
Cyclostomidæ :	Cyclostoma,	3 esp.
Hipponycidæ :	Hipponyx,	1 esp.
Capulidæ :	Capulus,	3 esp.
—	Crepidula,	4 esp.
—	Calyptra,	3 esp.
—	Amathina,	1 esp.
Xenophoridæ :	Xenophora,	1 esp.
Naricidæ :	Narica,	1 esp.
—	Vanikoropsis,	1 esp.
Naticidæ :	Natica,	11 esp.
—	Sigaretus,	1 esp.
Adeorbiidæ :	Adeorbis,	3 esp.
Scalariidæ :	Scalaria,	11 esp.
Eulimidæ :	Eulima,	8 esp.
Pyramidellidæ :	Pyramidella,	6 esp.
—	Odostomia,	8 esp.

Pyramidellidæ :	Eulimella,	1 esp.
—	Turbonilla,	12 esp.
—	Menestho,	7 esp.
—.	Parthenina,	4 esp.
Neritidæ :	Nerita,	4 esp.
—.	Neritina,	3 esp.
Turbinidæ :	Phasianella,	2 esp.
—	Turbo,	5 esp.
Trochidæ :	Trochus,	3 esp.
—	Clanculus,	2 esp.
—	Monodonta,	1 esp.
—	Gibbula,	8 esp.
—	Solariella,	3 esp.
—	Calliostoma,	17 esp.
	Circulus,	3 esp.
Delphinulidæ :	Liotia,	1 esp.
Cyclostrématidæ :	Tinostoma,	2 esp.
Pleurotomariidæ :	Scissurella,	1 esp.
Fissurellidæ :	Fissurella,	6 esp.
—	Emarginula,	5 esp.
Acmæidæ :	Acmæa,	1 esp.
Patellidæ :	Patella,	1 esp.
Chitonidæ :	Chiton,	1 esp.

Scaphopodes.

Dentaliidæ :	Dentalium,	6 esp.

Gastropodes syphonostomes.

Terebridæ :	Terebra,	6 esp.
Conidæ :	Conus,	14 esp.
—	Genotia,	5 esp.
—	Pusionella,	1 esp.
—	Hædropleura,	2 esp.
—	Clathurella,	4 esp.
—	Drillia,	11 esp.
—	Pleurotoma,	14 esp.
—	Clavatula,	14 esp.
—	Buchozia,	2 esp.
—	Bela,	2 esp.
—	Mangilia,	9 esp.
—	Raphitoma,	4 esp.
Cancellariidæ :	Cancellaria,	4 esp.
Olividæ :	Oliva,	3 esp.
—	Ancilla,	5 esp.
Marginellidæ :	Marginella,	2 esp.
Volutidæ :	Voluta,	2 esp.

Mitridæ :	Mitra,	16 esp.
Fasciolariidæ :	Fusus,	6 esp.
—	Fasciolaria,	2 esp.
—	Latirus,	3 esp.
Turbinellidæ :	Tudicla,	1 esp.
—	Melongena,	1 esp.
Buccinidæ :	Cyllene,	1 esp.
—	Siphonalia,	1 esp.
—	Euthria,	8 esp.
Nassidæ :	Nassa,	18 esp.
—	(S. G. Ptychosalpinx),	1 esp.
—	Desmoulea,	2 esp.
—	Dorsanum,	3 esp.
Collumbellidæ	Columbella,	11 esp.
—	(S. G. Mitrella),	5 esp.
—	Columbellopsis,	3 esp.
—	Anachis,	4 esp.
—	Conidea,	1 esp.
Muricidæ :	Murex,	4 esp.
—	Trophon,	2 esp.
—	Typhis,	3 esp.
—	Tritonalia,	2 esp.
—	Muricantha,	2 esp.
—	Muricidæa,	2 esp.
—	Chicoreus,	4 esp.
—	Ocinebra,	3 esp.
—	Typhinellus,	1 esp.
—	Trimeris,	1 esp.
—	Muricopsis,	1 esp.
—	Poweria,	2 esp.
—	Pteronotus,	3 esp.
—	Purpura,	2 esp.
—	Engina,	4 esp.
—	Monoceros,	1 esp.
—	Concholepas,	1 esp.
Tritonidæ :	Triton,	3 esp.
—	(S. G. Epidromus),	3 esp.
—	Ranella,	1 esp.
Doliidæ :	Pirula,	5 esp.
Cypræidæ :	Ovula,	2 esp.
—	Cypræa,	6 esp.
—	(S. G. Trivia),	7 esp.
—	Erato,	2 esp.
Strombidæ :	Strombus,	1 esp.
Chenopodidæ :	Chenopus,	1 esp.
Cerithiidæ :	Triforis,	3 esp.
—	Cerithium,	4 esp.
—	Bittium,	3 esp.

Cerithiidæ :	Potamides,	2 esp.
—	Tympanotomus,	2 esp.
—	Cerithiopsis,	3 esp.
...	(S. G. Lovenella),	3 esp.
—	Cinctella,	2 esp.
—	Cerithella,	2 esp.

Mollusques pélécypodes.

Les 85 espèces déterminées par MM. G.-F. Dollfus et Ph. Dautzenberg.

Clavagellidæ :	Clavagella Brocchii,	Lamarck.
Teredinidæ :	Teredo, sp.,	
Pholadidæ :	Pholas Dujardini,	Mayer.
—	Barnea palmula,	Dujardin.
—	Pholas dactylus, Linné; var. muricata,	Da Costa.
—	Triomphalia Bonneti,	D. D.
—	Aspidopholas rugosa, Brocchi; var. Fayollesi,	Defrance.
Gastrochœnidæ :	Gastrochæna lata,	D. D.
Solenidæ :	Solen siliquarius,	Deshayes.
—	Ensis Rollei,	Hœrnes.
—	Pharus Saucatsensis,	Des Moulins.
—	Solenocurtus Basteroti,	Des Moulins.
Myidæ :	Sphenia anatina,	Basterot.
—	Sphenia testarum,	Bonelli.
Saxicavidæ :	Saxicava arctica,	Linné.
—	Saxicava rugosa,	Linné.
Glycymeridæ :	Glycymeris Menardi,	Deshayes.
Corbulidæ :	Corbula revoluta,	Brocchi.
—	Corbula Cocconii,	Fontannes.
—	Corbula Basteroti,	Hœrnes.
—	Corbula carinata,	Dujardin.
—	Corbula (agina) gibba,	Olivi.
—	Corbulomya turonica,	Cossmann.
—	Pleurodesma Mayeri,	Hœrnes.
—	Pleurodesma Desmoulinsi,	Potier et Michaud.
—	Basterotia Woodi,	Deshayes.
Anatinidæ :	Thracia pubescens,	Pulteney.
Pandoridæ :	Pandora inæquivalvis, Linné; var. margaritacea,	Linné.
Mactridæ :	Eastonia rugosa,	Chemnitz.
—	Eastonia mitis,	Mayer.
—	Eastonia crassidens,	Lamarck.
—	Lutraria oblonga,	Gmelin.
—	Lutraria lutraria,	Linné.
—	Lutraria sanna,	Basterot.
—	Mactra turonicensis,	Hœrnes.

Mactridæ :	Mactra helvetica,	Mayer.
—	Mactra miocœnica,	D. D.
..	Mactra terminalis,	Mayer.
—	Mactra corallina,	Linné.
—	Mactra subcordiformis,	D. D.
—	Mactra (Pseudoxyperas) oblonga,	Millet.
—	Mactra (Spisula) subtruncata Da Casta; var. triangula, Ren.
—	Mactra (Spisula) nucleiformis,	Mayer.
Scrobiculariidæ :	Syndesmya alba,	W. Wood.
—	Syndesmya ovata, Philippi; var. subrostrata,	P. Fisher.
Mesodesmatidæ :	Ervilia castanea, Montagu ; var. pusilla,	Philippi.
Tellinidæ :	Tellina (Tellinella) serrata,	Brocchi.
—	Tellina (Mœrella) donacina,	Linné.
—	Tellina (Peronæa) strigosa,	Gmelin.
—	Tellina (Arcopagia) crassa,	Pennant.
—	Tellina (Arcopagia) ventricosa,	M. de Serres.
—	Tellina (Macoma) elliptica,	Brocchi.
—	Capsa fragilis,	Linné.
—	Capsa laminosa,	Sowerby.
—	Capsa foliosa,	Doderlein.
—	Capsa lacunosa,	Chemnitz.
Psammobiidæ :	Psammobia uniradiata,	Brocchi.
—	Psammobia (Psammocola) Labordei,	Basterot.
Donacidæ :	Donax lævissimus,	Dujardin.
—	Donax burdigalensis,	Defrance.
Veneridæ :	Venerupis irus,	Linne.
—	Lucinopsis (Lajonkaireia) rupestris,	Brocchi.
—	Petricola lithophaga,	Retzius.
—	Tapes vetulus,	Basterot.
—	Tapes (Pullastra) geographicus,	Gmelin.
—	Tapes (Amygdala) decussatus,	Linné.
—	Tapes (Hemitapes) vindobonensis,	Mayer.
—	Venus (Omphaloclathrum) subrotunda,	Defrance.
—	Venus (Ventricola) verrucosa,	Linné.
—	Venus (Ventricola) versatilis,	D. D.
—	Venus (Ventricola) casina,	Linné.
—	Venus (Ventricola) burdigalensis,	Mayer.
—	Venus (Ventricola) circularis,	Deshayes.
—	Venus (Chamelæa) coturnix,	Dujardin.
—	Venus (Clausinella) Basteroti,	Deshayes.
—	Venus (Timoclea) ovata,	Pennant.
—	Venus (Mercenaria) Dujardini,	Hœrnes.
—	Meretrix italica,	Defrance.
—	Meretrix (Pitar) rudis,	Poli.
—	Gouldia minima,	Montagu.
—	Dosinia exoleta,	Linné.
—	Dosinia lupinus,	Linné.
Ungulinidæ :	Ungulina unguiformis,	Basterot.

6

| Diplodontidæ : | Diplodonta rotundata, | Montagu. |
| — | Diplodonta trigonula. | Bronn. |

Espèces non encore déterminées des Mollusques Pélécypodes :

Ostreidæ :	Ostrea,	8 esp.
Anomiidæ :	Anomia,	2 esp.
Spondyliidæ :	Plicatula,	2 esp.
—	Spondylus,	2 esp.
Limidæ :	Lima,	3 esp.
—	Radula,	1 esp.
Pectinidæ :	Chlamys,	3 esp.
—	Hinnites,	2 esp.
—	Pecten,	3 esp.
—	Hemipecten,	2 esp.
Prasinidæ :	Prasina,	1 esp.
Aviculidæ :	Meleagrina,	2 esp.
—	Avicula,	2 esp.
—	Pinna,	1 esp.
Mytilidæ :	Mytilus,	3 esp.
—	Modiola,	1 esp.
—	Lithodomus,	1 esp.
—	Modiolaria,	2 esp.
—	Dreissensia,	1 esp.
Arcidæ :	Arca,	15 esp.
—	Pectunculus,	3 esp.
—	Limopsis,	1 esp.
Nuculidæ :	Nucula,	2 esp.
—	Leda,	3 esp.
—	Yoldia,	1 esp.
Unionidæ :	Unio,	1 esp.
Carditidæ :	Cardita,	4 esp.
—	(S. g. Coripia),	7 esp.
—	Cardiocardita,	2 esp.
—	Venericardia,	3 esp.
—	Glans,	2 esp.
Astartidæ :	Astarte,	1 esp.
—	Goodallia,	1 esp.
—	Digitaria (Woodia),	2 esp.
Crassatellidæ :	Crassatella,	1 esp.
Erycinidæ :	Erycina,	3 esp.
—	Kellyia,	2 esp.
—	Montacuta,	1 esp.
—	Lepton,	2 esp.
Galcommidæ :	Scintilla,	1 esp.
Cardiidæ :	Cardium,	3 esp.
—	(S. g. Cerastoderma),	3 esp.

Cardiidæ :	Papyridea,	2 esp.
—	Lævicardium,	2 esp.
—	Parvicardium,	2 esp.
—	Divaricardium,	3 esp.
Chamidæ :	Chama,	3 esp.
Lucinidæ :	Lucina,	1 esp.
—	Section Linga,	2 esp.
—	S. g. Divaricella,	1 esp.
—	S. g. Codokia.	1 esp.
—	S. g. Jagonia,	2 esp.
—	S. g. Loripes,	4 esp.
—	S. g. Myrtea,	1 esp.

M. G.-F. Dollfus donne, dans le *Bulletin de la Carte géologique de France* (1905), la liste des coquilles des Mollusques terrestres et fluviatiles des Sables Faluns :

Planorbis	incrassatus,	Rambur.
—	Thiollierei,	Mich.
Limnea	dilatata,	Noulet.
Valvata	piscinalis, Mull; var. Duj,	D. D.
Bithinella	Tournoueri,	Mayer.
Amnicola	Turonensis,	Mayer.
Melanoïdes	Escheri,	Brongn.
—	Var. aquitanica,	Noulet.
Melanopsis	glandicola,	Sandb.
Neritina	fluviatilis, L; var. Grateloupi,	Fer.
Melampus	pilula,	Tourn.
—	Turonensis,	Desh.
Unio	Frerei,	D. D.
Helix	(Tachea) asperula,	Desh.
—	(Macularia) Larteti,	Boissy.
—	(Campylea) extincta,	Rambur.
—	(Monacha) phaseolina,	Desh.
Zonites	umbilicalis,	Desh.
Cyclostoma	sepultus,	Rambur.
—	turgidulus,	Mayer.
Auricula	oblonga,	Desh.
Cassidula	umbilicata,	Desh.
Plecotrema	Delaunayi,	Tourn.
—	Blesense,	Tourn.
—	Bourgeoisi,	Tourn.
Leuconia	Dujardini,	Tourn.
—	Tournoueri.	Mayer.
Alexia	pisolina,	Desh.
—	polyodon,	Sandb.
—	Bardini,	Tourn.
—	Munieri,	Tourn.

Stolidoma	Mayeri,	Tourn.
—	Deshayesi,	Tourn.

Nos recherches personnelles nous ont permis d'ajouter à cette liste : Clausilia, Cyclostoma sp., etc.

MÉTAZOAIRES, 16.

Arthropodes.

1° Insectes : Quelques couloirs de larves, dans des morceaux de bois flotté.

2° Crustacés Entomostracés.

Cirrhipèdes : Balanus (Étude par M. G. de Alessandri).

1°	Balanus tintinnabulum,	Linné.
2°	Balanus perforatus,	Brug.
3°	Balanus spongicola,	Bronn.
4°	Balanus crenatus,	Brug.
5°	Balanus tulipiformis,	Ellis.

Plaques de Balanus concavus, Bronn ?.

3° Crustacés Malacostracés (Étude par M. Couffon).

1° Portuniens (Crabes nageurs),

Scylla Michelini, Milne-Edw.	(débris).
Scylla vois. de Michelini	(débris).
Achelon	(débris).

2° Xanthiens (Crabes marcheurs).

Titanocarcinum, vois. de pulchellus. M.-Ed.   (débris).

4° Crustacés Ostracodes.

Cytheridea Mulleri,	?
Cytheridea Jurinei,	?

MÉTAZOAIRES, 20.

Cordés.

Vertébrés. Poissons. Dents, plaques palatales, vertèbres, etc.

Étude par M. M. Leriche.

Rajidæ.	—
Trygonidæ :	Trygon.
Myliobatidæ :	Myliobatis.
—	Ætobatis.
Notidanidæ :	Notidanus.
Lamnidæ :	G. Odontaspis.
—	Lamna.
—	Oxyrhina.
—	Carcharodon.
Carchariidæ :	Sphyrna.
—	Carcharias.
—	Galeocerdo.
—	Corax.
—	Hemipristis.

Sparidæ :   Sargus.
—   Trigonodon.
—   Chrysophris.
Labrinæ :   Labrodon.

Les familles Squatinidæ et Pristidæ, qui se trouvent dans les Faluns de Bretagne, n'ont pas encore été rencontrées en Touraine.

MÉTAZOAIRES, 20.

Cordés.

Vertébrés.

Reptiles : Quelques vertèbres de Sauriens.
Tortues : Plaques de Trionyx Lockardi (Gray).
Crocrodiles : Dents (Gervais, *Paléont.*, 1859).

MÉTAZOAIRES, 20.

Cordés.

Mammifères.

(Travaux de MM. P. Gervais, Marie Rouault et Flot.)

Cétacés :   Narvals (Monodon).
—   Lamantins (Halithérium).
—   Dauphins.
—   Metaxithérium (cité par Duchassaing).
Amphibies :   Morses.
—   Phoques.

MÉTAZOAIRES, 20.

Cordés.

Vertébrés.   embranchements   Oiseaux.

Quelques vertèbres ou débris d'ailes qui ne peuvent être classés.

Quelques os bien reconnaissables comme os d'oiseaux, mais qu'on ne peut pas déterminer. Cependant dans le 2e vol. des *Oiseaux fossiles* de Alph. Milne-Edwards, l'auteur rend compte qu'il possède de Desnoyers, qui l'aurait trouvé à Pontlevoy, un os métacarpien d'un Faisan : Phasianus Desnoyersi (fig. 37 et 39, pl. 31).

On trouve, en fouillant les Falunières, un grand nombre de débris qui ne sont pas du même Étage géologique. Naturellement, les eaux du Golfe des Faluns, en faisant une brusque irruption au milieu de terrains existants, y ont raviné les strates diverses dont les restes sont mélangés à ses sables.

4° Des sables de l'Orléanais, nous retrouvons :

Pachydermes :   Paleothérium.
—   Dinothérium.
—   Antracothérium.

Pachydermes : Mastodon Taurinensis.
— Mastodon augustidens.
— Mastodon tapiroïdes.
— Rhinocéros.
— Hippopotamus.
— Chœropotamus.
— Dichobune.
Ruminants : Cerfs (Procervulus Aurelianensis).
— Daims.
— Antilopes.
Quelques restes de rongeurs.

2° Du Crétacé, nous retrouvons :

Spongiaires : Rhyzospongia pictoniensis.
— Tragos globularis.
— Chenodropora undulata.
— Oculinospongia capitata.
— Siphonia intricata.
— — gracilis.
— — decipiens.
— — prolifera.
— — sphærica.
— — gregaria.
— Turonia sulcata.
— — ramosa.
— — radiata.
— — mamillata.
— — nummulites.
— — cf. variabilis.
— Coscinopora infundibuliformis.
— — sp?
— Guettardia stellata.
— Jerea arborescens (Mich.).
— Spongia tenuipora.
— — cf. lata.
Échinodermes : Stenocidaris sceptrifera, Agass. (radiole).
— Cidaris hirudo (radiole).
— Micraster Brongniarti (Heb.).
Brachiopodes : Rhynchonella octoplicata.
— — vespertilio.
Acéphales : Ostrea diluviana (d'Orb.).
— — columba.
— Janira quadricostata

3° Du Jurassique, nous retrouvons :

— Ostrea Knorri.
— Ammonites sp? du Calcaire lithographique.

De l'autre côté de l'Atlantique, au sud des États-Unis, dans les États de la Floride, de l'Alabama et du Maryland, on rencontre des terrains tout à fait comparables aux Faluns de la Touraine et occupant une étendue considérable. Ils renferment en abondance des coquilles marines analogues aux nôtres. Il n'y a peut-être pas d'espèces identiques, mais toute une série de formes représentatives qui dénotent une curieuse évolution parallèle. Nous nous proposons d'étudier ce point particulier avec plus de précision.

Reportons-nous par la pensée à ces temps si lointains, et cherchons à nous imaginer l'aspect que présentait alors notre cher Terroir : une mer chaude y roulait ses flots bleus dans un long golfe étroit, peu profond, qui était entouré de basses falaises de craie, couvertes de palmiers et de conifères. C'est un paysage intertropical.

La vie, nous venons de le voir, était intense dans le Golfe : Bryozoaires, Échinodermes, Mollusques, pullulaient dans une paix troublée seulement par le passage et la voracité des très nombreux Poissons et Cétacés. Sur les rives nichaient des Oiseaux et se promenaient d'énormes Mastodontes. Aucune barque ne navigua sur notre golfe des Faluns, car l'Homme n'était pas là !

Nous n'ignorons pas que M. l'abbé Bourgeois crut trouver à Thenay et à Selles-sur-Cher des restes de l'Homme contemporain du grand Lac de Beauce; mais les études subséquentes n'ont pas corroboré cette opinion. Nous savons aussi que tout dernièrement on a cru trouver, pas loin de Liège, les restes de l'Homme Oligocène. Nous ne pouvons pas prendre part dans une discussion qui dépasse notre compétence; mais, souvent interrogée à ce sujet, nous pouvons affirmer que vingt ans de fouilles dans les Falunières ne nous ont livré aucun débris, ni de l'Homme miocène, ni de son industrie.

CHAPITRE VII

LÉGENDES ET COUTUMES LOCALES — LES COLLECTIONS
POÉSIE

La présence dans le Sable des Faluns d'énormes ossements et de grosses dents donne lieu dans le pays à mille contes et légendes qu'on se dit, les soirs d'hiver, à la lueur de la petite lampe à essence.

Nos Tourangeaux ne savent que penser de ces grands débris, et les vieux de Bossée, ceux qui racontent la gloire des belles trouvailles de Faluns dans les temps jadis, disent : « C'est des os d'géants et d'grand'bêtes qui s'sont battus aut'fois dans l'pays. Les grand'bêtes mangeaient tertout, y fallait ben les abattre; pour une chance qu'les hoummes étaient ben plus forts qu'annuit'. Ç'ont dû être d'belles batailles, tout d'même! »

Plusieurs vieilles femmes de Bossée nous ont assuré que les dents pointues ou triangulaires (dents de poissons), ayant cette forme (fig. *a*) ou celles-ci(fig. *b*, *c*), étaient des dents

Fig. *a*.   Fig. *b*.   Fig. *c*.

d'êtres humains; et comme nous faisions observer à l'une d'elles que les hommes n'avaient pas actuellement la mâchoire garnie de si horribles machines triturantes, elle nous a répondu avec sang-froid : « Les hoummes ont ben changé d'puis c'temps-là, ma bounne dame! »

Dans la région de Savigné-Beaugé, on prend ces dents pour des becs d'oiseaux, et on s'occupe d'en réunir deux ensemble pour bien figurer la pointe. Quant aux débris ronds de palais de squales qui sont absolument noirs, on est persuadé que ce sont *les yeux* de ces mêmes oiseaux.

Naturellement on cause de la singulière présence de restes de la mer sur les plateaux. Quoi qu'en dise Voltaire, les Tourangeaux ont les yeux fort bons.

> « Cherchant à expliquer ce fait étrange, les gens de la région du Louroux disent que, dans les temps, un des frères de Gargantua qui v'nait d'ben loin et qu'avait beaucoup couru, secoua du côté du Louroux ses bottes pleines de poussière, ce qui fit le Falun [1]. »

> « Du côté de Paulmy, on attribue au Déluge ces dépôts extraordinaires. Voici ce que content les vieux du pays : « Noé ne s'est pas seul sauvé du Déluge avec sa famille. Quand les eaux furent très grandes, un homme géant monta sur l'arche et y demeura pendant quarante jours et quarante nuits. Le quarante et unième jour il descendit de l'arche, et comme il avait encore à ses pieds de la poussière d'avant le Déluge, il la répandit en touchant terre. Dans cette poussière se trouvaient le Falun et ses coquilles [2]. »

Ces légendes sont charmantes et naïves. Il est bien naturel que, dans nos fonds de campagne, on ne se rende pas bien compte du mode de formation de nos dépôts coquilliers; mais que penser de M. Le Royer de la Sauvagère [3], un homme instruit qui « voit les coquilles se former spontanément sous ses yeux » ! Que dire de Voltaire, qui prône cette opinion! Nous voudrions bien, quant à nous, pouvoir semer certaines espèces de coquilles des Faluns dont nous avons des échantillons à peine reconnaissables et voir pousser de belles et bonnes coquilles, état de neuf. Hélas! la superbe expérience que M. de la Sauvagère a faite, lui, ses voisins et vassaux, nous est impossible à réitérer!

[1] J. Rougé, *Traditions populaires, région de Loches.* 1907.
[2] J. Rougé, *Le falun de Touraine,* 1899.
[3] Le Royer de la Sauvagère, *Recherches historiques et critiques.* 1776.

Que dire de Chateaubriand, écrivant, en avril 1802. la première partie du *Génie du christianisme* et disant :

« Le monde est sorti des mains du Créateur avec tous les signes de vétusté qu'il présente aujourd'hui, et les rivages où se promenaient Adam et Ève étaient couverts de coquilles qui n'avaient jamais été habitées. »

Que dire des Tourangeaux, ceux qui ont une éducation soignée, qui croient encore, malgré les nombreux ouvrages publiés sur la question, que les coquilles des Faluns ont été apportées par le Déluge de Noé, et que. par conséquent. elles sont contemporaines de l'Homme!...

« C'était une coutume curieuse que l'ouverture d'une Falunière, il y a bientôt deux cents ans. Le maître du terrain réunissait sa famille et, s'il était noble, tous ses tenanciers. Alors, après la bénédiction du banc de coquilles par un prêtre, on procédait au déblaiement. Armés de pelles et de pioches, les ouvriers entamaient la falaise, et, dès qu'il en sortait de l'eau, le prêtre la bénissait, le châtelain ou propriétaire se signait avec cette eau, et on distribuait des fouaces beurrées [1] aux gens présents à cette cérémonie [2]. »

Dans la région falunienne, au sud de la Loire, il est d'usage de suspendre par une ficelle un Conus ou un Murex à certaines clés. Les vieilles gens disent : « C'est la clé au Clocher ; » car, traditionnellement, le nom de Clocher est donné aux Murex, Cerithes ou Conus recueillis dans le Falun Tourangeau [3]. »

Cette clé ornée ainsi d'une coquille spéciale se reconnaît entre toutes les autres. C'est généralement la clé d'une cave, d'un cellier ou d'un vide-bouteille placé au milieu d'un vignoble. Notre Tourangeau rencontre un ami ; il sort de sa poche la précieuse clé, à laquelle est attaché un « Clocher », et la montre. Cela suffit,... l'ami sait qu'il est invité à se rafraîchir.

Une superstition s'attache à la possession de certaines coquilles ; elle est difficile à expliquer aux personnes qui ne connaissent pas les mœurs du terroir, et, du reste, elle ne s'applique pas seulement aux coquilles, mais aussi aux fruits, volailles, lapins et autres denrées de la Ferme. — Il faut toujours garder *un* objet de chaque espèce sans le vendre, pour qu'il puisse en *appeler* et *faire venir* d'autres. Cet objet, qui sert à amorcer ses pareils, s'appelle « le relevain ». Nos tireurs de Faluns ont tous sur le grand manteau de leur cheminée. qui un Conus, qui un Pecten;

---

[1] La fouace est un gâteau sec. rond, salé. De jolies coutumes s'appliquent à celles qui sont mangées par les jeunes fiancées au temps de Noël.

[2] J. Rougé, *Le plateau de Rossée*. 1902.

[3] J. Rougé, *Traditions populaires*. 1907.

ils se déferont de tous volontiers, sauf un. S'il y a cent coquilles, vous pourrez en acquérir quatre-vingt-dix-neuf; mais pour la centième on vous répondra : « Oh! pas c'ti-là, c'est la darnière, y n'en r'vindrait pus. »

Nous avons eu une certaine difficulté, dans la région de Savigné-Noyant, à commencer notre récolte de fossiles de Crouas. N'y étant pas connue, nous inspirions de la défiance, et quand nous allions chez un carrier, il commençait toujours par nous dire qu'il n'était pas carrier et que, du reste, « y a point d'crouas dans l'pays. » Quand nous avions amadoué ce Tourangeau prudent, c'était lui qui nous interrogeait pour savoir ce que nous voulions faire des échantillons de Crouas que nous emportions. Il ne comprenait pas l'idée d'une collection; mais l'idée de photographies dans un livre était fort bien saisie et plaisait.

Une des difficultés qu'éprouvent les personnes qui veulent étudier les Faluns sur place, et qui disposent de peu de temps, est l'habitude qu'ont les petits collectionneurs locaux de coller leurs coquilles sur des tableaux, cartons, papier, etc., ce qui ne permet pas de les examiner sur les deux faces.

Les coquilles servent aussi quelquefois à orner des boîtes, croix, comme au bord de la mer. Cette coutume déplorable est surtout répandue à Ferrière-Larçon. Si on n'employait à cet usage que des coquilles communes, cela n'aurait pas grand inconvénient; mais il n'en est pas ainsi.

Les tricoteuses de nos campagnes se servent d'une coquille percée pour arrêter et suspendre les aiguilles à tricoter (dites *broches* dans le pays). M. Jacques Rougé, de Ligueil, a dans sa collection plusieurs coquilles trouées, qu'il pense avoir servi à cet usage. Il faut que ce soit une coquille avec une bouche, une Cyprea, par exemple. La tricoteuse la suspend à son corsage par un cordon passé dans ce trou et se sert de la bouche comme point d'appui pour sa broche, quand elle veut avoir la main droite libre. Cette invention ingénieuse sert surtout aux femmes qui gardent les bestiaux dehors.

On a trouvé, dans les cavernes de l'Age de la pierre, en Dordogne et dans la Haute-Garonne, non loin de leurs gisements

---

[1] Les coquilles sont percées soit par des crustacés, soit par des purpura.

d'origine, des coquilles fossiles des Faluns de Touraine, perfo-
rées et enfilées en collier.

Près de nos Falunières et dans
la couche de terre arable qui les re-
couvre, on rencontre assez souvent
des objets de l'Époque Néolithique.
M. l'abbé Bossebœuf, dans la notice
qu'il consacre à M. l'abbé Brung,
dit que celui-ci fouillait les sablières (lisez : falunières) pour y

Coulant et pendant préhistorique en Falun agglutiné, trouvés dans la couche supé-rieure de la Falunière du Petit-Bray (Manthelan).

chercher des objets taillés. Nous en avons trouvé un certain nombre
nous-même à Manthelan et
à Ferrière-Larçon, et nous
faisons figurer ici un coulant et un pendant de collier
en sable Falun agglutiné,
ainsi qu'une pointe de flèche
en silex transparent.

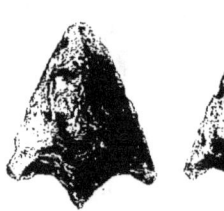

Nos ancêtres velus fouil-
laient donc les Falunières, y
prenaient des ornements de

Pointe de flèche en silex jaune transparent, trou-vée dans la couche supérieure de la Falunière au Petit-Bray (Manthelan).

valeur(?) pour orner leurs épouses, et, dans la joie de la trouvaille, ils
oubliaient leurs outils et leurs armes...

Nous regrettons de ne pas savoir les
noms de tous les personnages savants
du Moyen Age qui visitèrent nos Falunières et furent intrigués par l'énigme
qu'elles soulevaient. Nous avons vu, aux
chapitres I, II et III, que, à partir de
Léonard de Vinci et de Palissy, tout
géologue de renom est venu dans nos
régions, a pensé ceci ou cela et écrit
ceci ou cela. En 1900, les gîtes Faluniers furent honorés de la visite rapide
d'un groupe des membres du Congrès
géologique international, sous la con-

M. G.-F. Dollfus sur le tas de Faluns de Beauvais.

duite de M. Gustave-F. Dollfus, l'éminent stratigraphiste.

Instantanés pris pendant la recherche des Faluns par les Membres
du Congrès géologique à Beauvais,
commune du Louroux (Indre-et-Loire), en 1900.

MM. docteur Rodolph Hoernes, de Gratz; docteur Augerman, de Munich; le conseiller d'État actif Bœck, de Pétersbourg; Ferdinand Canu, de Paris; Roman, de Lyon; M. Leriche, de Lille; Pierre Marie, de Paris, visitèrent, le 11 août, les Falunières du Louroux, de Manthelan, de La Houssaye, dînèrent et couchèrent à Grillemont, où ils visitèrent notre collection, et repartirent le 12 au matin pour Paulmy, Ferrière et Pontlevoy.

Parmi les anciennes collections aujourd'hui dispersées, nous pouvons indiquer :

La collection de M. l'abbé Gauthier, ancien curé du Louroux, cédée à M. Harmer, en Angleterre;

Celles de MM. Ivolas et Guillemet, qui ont été jointes à la nôtre.

En Touraine nous citerons comme existantes les collections de :

MM. J. Rougé, à Ligueil;

Sybilleau, à Manthelan;

Chollet, à Veigné;

Potier, instituteur à Ferrière-Larçon;

le comte Boulay de la Meurthe, à Frétay;

Boisseau, à Courçay;

de Grossouvre, à Tours;

H. Duperray, à Tours;

Raguin, à Bossée;

Mourruau, à Sainte-Maure;

Souty, à Manthelan;

Madrelle, instituteur à Lussault;

Parfait, instituteur à Chambray.

En dehors du département :

MM. Ph. Dautzenberg et G.-F. Dollfus, à Paris;

Peyrot, à Bordeaux;

comte Delamarre de Monchaux, à Troussay (Loir-et-Cher);

L'ancienne collection, presque détruite, du collège de Pontlevoy (Loir-et-Cher);

MM. le marquis de Tristan, à l'Émerillon (Loiret);

Courjeault, à Saint-Martin (Charente-Inférieure).

Le Musée de Tours a quelques coquilles des Faluns. Elles sont malheureusement mélangées avec celles d'autres terrains, sont mal classées et ne sont pas mises en valeur; il faudrait faire ressortir une spécialité locale aussi intéressante. Nous avons réclamé, plusieurs fois depuis vingt ans, une installation meilleure et plus scientifique. mais sans aucun succès.

Le Musée de Blois. sous la direction intelligente du comte Delamarre de Monchaux et de M. Florance, a mieux rangé ses fossiles locaux. On peut, en visitant cette collection, avoir une bonne vue d'ensemble de la Faune Falunière.

« Encore trouvait-on, il y a quelques années, des étiquettes posées à l'envers et des étiquettes cachées aux yeux des passants par leur propre coquille[1]. »

Nous citerons aussi les Musées d'Orléans (collection Lockart et de Tristan), de Nantes, Angers, Rennes, Poitiers.

Nos Faluns de Touraine ont inspiré à un jeune poète et historien local de grand talent, que nous avons cité plusieurs fois, la charmante pièce de vers suivante.

LE FALUN [2]

Depuis des milliers d'ans, conservés dans les sables,
Le Murex dentelé, la Cyprée et l'Arca,
Pour les désirs humains toujours insatiables,
Sortent des profondeurs où le sort les parqua.

Les vieux carriers, courbés sur les couches friables
D'une terre maudite où la vigne manqua,
Trouvent sans le savoir, trésors intarissables,
Des êtres ignorés qu'un savant remarqua.

[1] Peyrot, *Les faluns de Touraine.* 1901.
[2] J. Rougé, *Au beau pays de Touraine* (Ollendorf, édit. Paris, 1901).

Dujardin, le premier entre les géologues,
Ayant donné des noms aux Vers ensevelis,
A sauvé les Faluns des éternels oublis.

Ces longs siècles éteints font naître des églogues,
Et ceux qu'ont attirés ces êtres endormis
En les cherchant parfois ont trouvé des amis.

CHAPITRE VIII

LE SABLE DES FALUNS AU POINT DE VUE ÉCONOMIQUE
SON EMPLOI

Nous avons relaté, au chapitre Ier, qu'au XVIe siècle, Bernard Palissy recommandait déjà l'emploi du sable des Faluns, comme amendement pour l'Agriculture. Au XVIIIe siècle cependant, on discutait encore en Touraine sur la question de savoir si le sable était ou n'était pas favorable aux terres, et nous avons vu que l'intendant, M. de Chauvelin, fit préparer un rapport qu'il adressa à l'Académie des Sciences pour demander l'opinion de cette docte Assemblée. Elle envoya son secrétaire, M. de Réaumur, et l'avis de ce savant, parfaitement motivé, fut le suivant :

« La plupart des terres de ce pays ne produisent naturellement que des bruyères ; les herbes y naissent à peine. Le Falun donne une fertilité surprenante à des terres qu'on serait obligé de laisser en friche.

« La façon de fouiller cette espèce de minière, quoique simple, a des particularités ; le même jour qu'on ouvre un trou, on en tire tout ce qu'on en peut tirer. Ce jour passé, il n'y a plus à y revenir. Le travail demande beaucoup de célérité, et cela pour épuiser l'eau qui de tous côtés se présente pour remplir le trou à mesure qu'on l'approfondit. On ne fait pourtant usage d'aucunes machines ; les préparatifs se réduisent à assembler un nombre d'hommes plus ou moins grand, selon la grandeur de l'ouverture qu'on médite et selon la quantité de Falun qu'on se propose d'en tirer. »

Rarement emploie-t-on moins de quatre-vingts ouvriers à la fois. Souvent on en assemble plus de cent cinquante ou cent soixante. On fait les ouvertures des trous à peu près carrées ; leurs côtés ont tantôt trois, tantôt quatre toises de longueur, selon qu'il a plu à l'entrepreneur. Après que la première couche de terre a été enlevée et qu'on a jeté avec la pelle tout le Falun qui peut être jeté de la sorte sur le bord du trou, on divise les travailleurs en deux classes ; les uns sont chargés de puiser l'eau, et les autres de tirer le Falun. A mesure qu'on creuse, on laisse des retraites en gradins ; pour placer de ces ouvriers, on en dispose depuis le bord du trou jusqu'au fond, où d'autres travaillent à remplir des seaux d'eau et

7

d'autres à en remplir de Falun : on donne les seaux pleins aux ouvriers qui sont sur les retraites, de main en main ils sont conduits en haut du trou, d'où ils reviennent après qu'on a eu vidé, d'un côté ceux qui n'avaient que de l'eau, et de l'autre ceux qui contenaient du Falun. On commence le travail de grand matin.»

Réaumur explique qu'on se presse à cause de l'eau qui envahit les travaux, qu'on fait ces fouilles en septembre ou octobre. Il examine comment le Falun fertilise les terres et découvre bien la propriété matérielle du sable, qui est de diviser et alléger la terre. Il remarque que les paysans n'hésitent pas à dépenser beaucoup d'argent pour se procurer du Falun; donc, c'est qu'il leur est utile.

Réaumur rend justice à l'industrie et à l'intelligence des Tourangeaux et termine ainsi : « On admirera sans doute les ressources que nous fournit la Nature pour nos besoins, de ce qu'elle a rassemblé tant de coquilles qui font subsister les habitants de cette petite contrée; mais on ne sçaurait s'empêcher en même temps d'admirer qu'on se soit avisé de profiter de cette ressource; que pour fertiliser des champs on ait été chercher dans le sein de la terre des coquilles que la mer y avait enfouies. »

Après avoir eu connaissance de ce rapport si net, si précis d'un homme qui *a vu*, Voltaire n'hésite pas cependant à nous dire qu'il n'y a pas de coquilles dans le Sable Falun, et que du reste, s'il y en avait, cela ne servirait de rien, car on mourrait de faim si on n'avait pour vivre qu'un champ de vieilles coquilles cassées... Si le Falun agit, pense Voltaire, c'est par le sel qu'il contient encore. Nous sommes au regret de dire que le sable des Faluns n'est plus salé; nous ne nions pas qu'il l'ait été il y a plusieurs centaines de mille ans. Il est probable que Voltaire aura reçu l'envoi de quelque morceau de marne légèrement salpêtrée!...

Buffon, nous l'avons vu, trouve l'usage de faluner les terres extrêmement singulier; mais il ne le condamne pas.

Était-ce l'écho de ces disputes de savants personnages? Encore une fois, les Tourangeaux doutèrent de l'efficacité du Falun, et les agriculteurs consultèrent en 1776 le docteur Raulin, inspecteur des Eaux minérales : Fallait-il ou ne fallait-il pas faluner les terres fortes? Le docteur Raulin n'hésita pas à donner un avis favorable, et depuis ce moment, en paix avec la science, nos cultivateurs du plateau de Bossée falunent leurs terres.

Nous avons eu communication, par l'amabilité de M. J. Rougé, qui le tenait lui-même de M. A. Gauthier, de Loches, d'un manuscrit contenant des remarques sur les Faluns et leur usage. Ce manuscrit a pour titre : *Loisirs d'un Solitaire infirme*. Il est écrit, de 1776 à 1827, par un habitant de la La Chapelle-Blanche.

---

[1] *Mémoire présenté à l'Académie des Sciences*, 1720.

Le « Solitaire »[1], homme assez instruit, relate que son attention fut amenée sur les Faluns par un séjour qu'il fit à Manthelan en 1772 (il écrit *Fallun*). Il décrit les Falunières de Manthelan, Louan (sic), Le Louroux, La Chapelle-Blanche ; il remarque assez bien la différence entre la marne et le Falun, signale les carrières de pierre tendre du parc de Grillemont et des environs du bourg de La Chapelle ; il raconte qu'on y trouve des Ficoïdes de Dendevites et des Pointes d'Oursins ; il appelle les Serpules des Vermisseaux, et les Scutelles des Oursins étoilés. Nous ne le comprenons plus quand il nous parle d'Astéroïdes imprégnées de zinc. Il nous dit que dans les Falunières il a trouvé des dents agatifiées et du bois carbonisé. Ces différentes trouvailles furent remises à M. Le Maître, sous-préfet de Loches, qui annonçait l'intention de constituer un musée d'arrondissement.

Le « Solitaire » divise les Falunières en *stériles*, ce sont celles où la couche n'a que quelques pieds de profondeur ; *sèches*, celles où ne se trouve pas d'eau et où le Falun est en poussière : ce Falun sec n'est pas bon pour les terres, et il en faut beaucoup, mais on s'en sert avantageusement pour préparer de la chaux *de bon aloi (sic)* ; là le Falun est d'une belle couleur grise, son effet dure trente à trente-cinq ans ; seize à dix-huit toises suffisent pour un arpent de cent chaînées. La toise contient environ huit charretées ou voitures à deux bœufs et un cheval.

Le « Solitaire » nous explique encore que le Falun rouge (coloré par l'oxyde de fer) fait pousser du chardon, que le blanc n'est pas mauvais, mais que le gris est le meilleur.

Si on en met trop, le Falun rend la terre stérile et lui fait produire des chardons. Cependant il en faut mettre davantage sur une terre nouvellement défrichée. Le prix commun de la toise est de dix à douze francs pris sur les lieux. (Cela n'a donc guère changé.) Le « Solitaire » nous dit encore qu'on nomme dans le pays « mère ou mère couche », la terre qui se trouve immédiatement au-dessus de la Falunière quand on commence à creuser. Il nous décrit, exactement comme M. de Réaumur, le travail d'extraction avec cent ou cent cinquante ouvriers divisés par bandes, et dit que souvent l'eau gagne les travailleurs par suite de la « lâcheté » des épuiseurs ; puis il remarque que depuis quelques années on a renoncé aux moyens coûteux et qu'on extrait le Falun au moyen de pelles de meuniers (le *barigou*). Le prix du tirage est depuis un jusqu'à sept francs, et les ouvriers gagnent de vingt à cinquante sols.

Le « Solitaire » raconte le creusement d'un puits dans son jardin à La Chapelle-Blanche. On trouva : terre végétale, deux pieds ; glaise compacte, six pieds ; cailloux feuilletés (silex?), neuf pieds ; tuf, couche d'argile, pierres de grais (sic), et enfin, à la profondeur de quarante-huit pieds, le Falun. La couche aurait douze pieds de profondeur et serait suivie d'une couche de cailloux grisâtres, très durs, fortement agglutinés et imprégnés de madrépores et de coquillages ; puis une pierre dure très blanche, luisante (à cause des parties de zinc), ayant quarante pieds d'épaisseur. Le puits eut en tout cent treize pieds.

Nous pensons que le « Solitaire » se trompait ; ce qu'il prenait pour du Falun était du calcaire coquillier Turonien désagrégé.

[1] Nous n'avons pas pu savoir d'une manière précise qui était le Solitaire. Deux personnes vécurent à La Chapelle-Blanche, de 1800 à 1830, qui, vu leur instruction générale, auraient été capables de composer cette étude : M. Callaud, ancien curé du Louroux, et dom Chalmet, ancien bénédictin, prêtre libre.

La couche de Falun est trop récente dans la stratification générale, pour être enfouie à quarante-huit pieds de profondeur sous
le tuf. Quant au zinc que le « Solitaire » rencontre partout dans
la craie, c'est probablement du sulfure de fer qu'on trouve en
nodules dans la craie Turonienne.

Le « Solitaire » se demande d'où viennent les dépôts de Faluns; il analyse les
quelques opinions qui lui sont connues sur la question et engage ses amis à lire
le *Rapport* de M. de Réaumur et la *Théorie de la Terre* de M. de Buffon. Cependant lui-même est persuadé que les coquilles des Faluns ont été transportées par
le déluge Mosaïque.

Le « Solitaire » fait une description sous forme de notes des terrains et fossiles
du pays; il appelle le zinc « un demi-métal, qui dans l'état de végétal approche
le plus des métaux par la malléabilité dont il est susceptible ». Il raconte l'ouverture d'une Falunière près de Grillemont, où l'on trouva un gros banc d'huîtres
(*ostrea crassissima?*) posées et comme rangées à côté les unes des autres. Le
« Solitaire » appelle assez joliment les huîtres et autres coquilles bivalves « des
coquilles à deux battants ». Il énumère ensuite les espèces de coquilles qu'on
trouve dans le pays; mais il mélange indistinctement les fossiles de la Craie et
ceux des Faluns :

Les Gryphites (Ostrea columba et G. vesicularis; Turonien).
Le Limaçon de mer cochylitre (?).
Le Cœur de Bœuf (Micraster; Turonien).
La Corne d'Ammon (Acanthoceras Rhotomagensis; Turonien).
La Figue ou Poire de mer (Siphonia, Senonien).
L'Éponge de mer (Spongia lata).
Les Dentvotites (Jerea arborescens).
L'Oursin de mer (Arbatina, Scutelle).
Les Cauris (Cyprœa).
Le Buccin (Nassa).
La Came (Chama).
La Nérite (Nerita).
Le Lepas (Patelle).
Les Cornets (Conus).
Les Volutes (Voluta).
Les Pourpres (Purpura).
Les Rochers (Murex).
Les Vermisseaux (Vermetus).
Le Bonnet chinois ou Lepatite (Calyptra).
L'Huître (Ostrea).
Les Favosites ou Fabagites (Polypiers astréiformes).
Les Madrépores (Polypiers).
Les Zoophytes (insectes).

Il remarque enfin qu'ayant entendu parler des découvertes de M. de la Sauvagère sur la végétation spontanée du Falun dans sa pièce d'eau, il est allé lui-
même aux Places en 1780 et a vu que le filet d'eau qui alimentait le fameux

vivier passait sur une couche de coquilles, déchaussait et emportait les petites espèces, lesquelles, perpétuellement renouvelées ainsi, ont intrigué bien des générations. Le « Solitaire » pense qu'aux Places il se trouvait du Falun. Nous croyons qu'il fait la même méprise que pour le puits de La Chapelle-Blanche et que les coquilles dont on a tant parlé étaient d'un terrain plus ancien que le Falun, le Calcaire coquillier Senonien probablement.

Enfin le « Solitaire » termine en nous parlant de la famille Raguin, qui commençait à exercer une bonne influence dans le pays. Il a été chargé du rapport qui a déterminé la récompense si honorable donnée à cette famille en 1827.

Vers cette époque, en effet, un homme fort intelligent, M. Joseph Raguin, dont la famille habitait le pays depuis plus de cent ans, comprit l'avantage qu'on pouvait tirer du Falun.

Nous ne pouvons mieux faire que de reproduire la note très élogieuse qui accompagne un prix donné en 1818 à MM. Raguin, ses fils.

DÉPARTEMENT D'INDRE-ET-LOIRE

SOCIÉTÉ D'AGRICULTURE, SCIENCES, ARTS ET BELLES-LETTRES

Séance publique du 17 décembre 1818

DISTRIBUTION SOLENNELLE DES PRIX

AGRICULTURE

PRIX : Les frères RAGUIN, domiciliés à Sepmes, arr. de Loches, dép. d'Indre-et-Loire.

*NOTES sur la famille RAGUIN
et les services rendus par elle à l'agriculture.*

Joseph Raguin cultivait il y a cinquante ans, comme fermier, le domaine de la Pinardière, commune de Sepmes. Il n'était alors propriétaire que de quelques arpents de terre. Il fit à cette époque, et le premier dans le pays, extraire du Falun et en répandit sur les terres qu'il cultivait. Ses essais furent suivis des plus heureux succès, et ses champs lui donnèrent d'abondantes récoltes; elles lui fournirent les moyens d'acheter des terres incultes et d'autres déjà cultivées; elles reçurent les mêmes engrais que les premières, et Joseph Raguin laissa il y a environ trente ans, à ses six enfants, des domaines dont la valeur s'élevait à six cent mille francs. Les six enfants jouirent ou par eux-mêmes ou par les petits-fils ou en commun, pendant vingt-cinq ans, de la fortune laissée par leur père. Successivement ils y ajoutèrent des domaines déjà cultivés et des terres incultes qu'ils défrichèrent; ils suivirent pour la culture l'exemple de leur père.

Cinq cents arpents de bruyère ont été convertis en terres labourables, en bois et en prés; des bâtiments pour leur exploitation se sont élevés sur divers points; enfin il y a cinq ans, des domaines de la valeur de six cent mille francs, situés sur les communes de Sepmes, Bournan et Bossée, ont été partagés entre les six enfants ou leurs représentants. La meilleure intelligence entre les membres de

cette famille n'a jamais été troublée; elle semble, s'il est possible, plutôt se forti-
fier que s'altérer.

Droits, loyaux dans toutes leurs relations, les Raguin se sont concilié l'estime
générale dont ils jouissent; ils ont constamment tenu une bonne conduite et
manifesté de bons sentiments.

Louis, aujourd'hui l'aîné de la famille, Jean et Pierre, demeurant à Sepmes et
encore dans la force de l'âge, continuent leurs travaux agricoles, auxquels se
livrent aussi sous leur direction et sur leurs domaines particuliers les autres
membres de la famille.

Un instituteur est logé chez l'un d'eux, et tous les enfants s'y réunissent pour
recevoir ses leçons.

L'exemple des Raguin a été suivi par les cultivateurs de toutes les communes
où se trouve le Falun. On a fait d'un plateau de cinq à six lieues de surface, stérile
il y a cinquante ans, le pays le plus fromenteux du département. Les terres qui
ne valaient que un franc la chainée y sont vendues aujourd'hui quatre à cinq
francs.

Les Faluns de Touraine furent l'objet, en 1844, d'un court et
intéressant Mémoire lu par M. Breton à la Société d'Agriculture
de Touraine[1].

M. Breton n'a aucune vue d'ensemble (il pense que les Faluns ont été apportés
par de grandes eaux diluviennes); mais il comprend bien le rôle du sable au
point de vue de la culture, cite les prix de revient: deux francs par mètre cube;
engage les cultivateurs à ne pas enfouir le Falun trop profondément, les racines
des graminées étant traçantes et non pivotantes. Il pense que l'emploi du Falun
date d'un siècle seulement.

M. l'abbé C. Chevalier, dans un petit travail publié en 1849
dans les *Annales* de la Société d'Agriculture du Département[2],

demandait qu'on exploitât pour l'amendement des terres fortes, non seulement
le sable des Fahluns (*sic*) et les sables siliceux de Cléré-Savigné (qu'il ne reconnaît pas pour être, eux aussi, du Falun), mais encore les sables granitiques que
charrient en grande quantité la Vienne et la Loire. L'abbé Chevalier assure que
le sable des Fahluns (*sic*) contient une « proportion notable des restes encore
visibles? de ces races éteintes qui ont assisté aux derniers bouleversements du
globe », que le docteur Brâme[3] a étudié la question et constaté la présence de
« substances animales » dans nos sables, et que le « Fahlun » peut être considéré, non comme un simple amendement, mais comme le « guano » (*sic*)
de la Touraine.

M. l'abbé Chevalier et M. le docteur Brâme n'étaient certainement allés dans aucune Falunière; ils n'avaient pioché dans
aucun tas de Fahlun (*sic*): car, nous pouvons l'assurer de notre

[1] Séance du 31 août 1844. *Annales*, p. 169.
[2] *Emploi du sable et du falun en agriculture*.
[3] Médecin militaire, né à Lille en 1813, professeur à l'École de médecine de Touraine.

côté, par une expérience de vingt-cinq années, que notre sable des Faluns est absolument *infertile par lui-même,* sans odeur, et n'a aucun des inconvénients pénibles du produit des îles Gallapagos.

Nous n'avons pas trouvé trace, dans les quelques brochures de M. le docteur Bräme, que nous avons pu nous procurer et parcourir, de cette opinion abracadabrante. Dans une brochure sur le marnage des terres, il dit avoir analysé le sable des Faluns de Manthelan et n'avoir trouvé qu'un dix-millième d'azote, et il s'étonne de cette proportion infinitésimale.

Toute la zone de terrain de Sainte-Maure à Manthelan par Bossée est encore possédée au commencement du XXe siècle par des descendants de la famille Raguin, dont nous parlons plus haut. Ils ont de grosses fermes de cent ou cent cinquante hectares; quelquefois des métairies ou borderies sont jointes à ces belles exploitations. Jusqu'à ces dernières années même, la plupart de ces riches propriétaires, possédant chacun plusieurs centaines de mille francs de biens au soleil, exploitaient directement leurs fermes sur lesquelles ils résidaient, et dont quelques-unes étaient dans leurs familles depuis plusieurs siècles. Leurs méthodes de culture étaient très en avance sur celles de la contrée environnante, leurs troupeaux magnifiques. Les terres fortes, cultivées avec intelligence, donnaient des récoltes de premier ordre. Ces exploitations, devenues si prospères dans une contrée où il y a deux cents ans « il ne poussait que de la bruyère », donnent tort à quelques-uns de nos scientifiques sociaux modernes, qui prétendent que le régime du domaine complet (celui où on cultive plusieurs denrées) n'enrichit jamais, et que le cultivateur ne peut améliorer sa situation que par le régime spécialisé.

Dans les anciens baux des fermes et métairies du plateau de Bossée, les tenanciers étaient obligés de charroyer et d'épandre chaque année les centaines de mètres cubes de Falun, que le propriétaire faisait extraire à ses frais. Cette servitude ne paraît pas avoir existé au Louroux et à Manthelan d'une manière aussi générale ni aussi stricte; mais partout cet excellent usage (auquel on doit la grande fécondité des terres) disparaît. Les propriétaires font tirer du Falun en moins grande quantité; ils en répandent moins sur les terres qu'ils cultivent eux-mêmes directement, et n'exigent plus que les métayers et fermiers le fassent dans les

terres louées. La hausse de la main-d'œuvre, qui rend l'extraction plus coûteuse d'une part, et la facilité, par suite du dévelop-
pement des voies ferrées, de se procurer des engrais artificiels,
détournent les cultivateurs de l'ancien système. Il semble cependant que les engrais chimiques ne puissent pas remplacer absolument le Falun, mais plutôt en compléter l'effet. Le Falun divise
les terres et facilite l'écoulement des eaux dans le sous-sol; en
même temps il fournit l'élément calcaire réchauffant, dont les
terres froides ont si besoin. Il les rend plus précoces, « plus
primes, » comme on dit dans le pays.

Malgré ces bienfaits reconnus de tous, il est à craindre que les
Falunières du plateau de Bossée ne viennent à se fermer définitivement. Une dizaine de grandes « minières » ont été abandonnées et comblées depuis quelques années.

Assez singulièrement, le fait d'avoir du Falun en sous-sol
n'augmente pas la valeur marchande d'une pièce de terre; mais
on tenait encore tellement il y a vingt ans à la faculté de se procurer du Falun, qu'un droit de Falunage (droit d'extraction) existe
comme une servitude pour certaines parcelles de terre. Cela
donne lieu à des difficultés légales, quand ces parcelles ont changé
plusieurs fois de propriétaire, par suite de ventes ou échanges.
Le droit de Falunage éventuel a été maintenu jusqu'à présent par
des tribunaux locaux qui ont eu à s'occuper de cette question.

Il est aisé de reconnaître l'endroit exact où se trouve le Falun
en sous-sol sur le plateau de Bossée. L'aspect général du lieu
l'indique de suite : arbres, fraîcheur, prairies. En plus de ces
indications générales, on a eu, dès 1825 [1], la liste des plantes qui
poussent dans l'argile qui est au-dessus du Falun : *Iberis amara,
Caucalis latifolia et grandiflora, Anagallis phœnicès, Nigella
arvensis, Thymus acinos,* et quelquefois *Crassula rubens, Ornitho-
galum Pyrenaicum, Saponaria vaccaria.*

Le Falun est souvent au-dessous du niveau de l'eau, laquelle
est maintenue très élevée dans toute la région par la présence de
l'argile à silex, qui forme cuvette au-dessous du Falun. On a donc
à craindre l'invasion des eaux au moment du travail d'extraction.
Cependant, au XX⁰ siècle, on n'emploie plus cent cinquante ou

[1] Duvau, Mémoire déjà cité.

deux cents ouvriers, comme le racontent M. de Réaumur et le
« Solitaire ». Le travail actuel se fait d'une
manière toute différente et beaucoup plus
paisible. Le journalier qui entreprend
de tirer cent ou deux cents mètres cubes
de Falun s'associe avec un, au plus
deux autres journaliers, et, armés de
pelles de formes diverses appelées
pelles piardes, baragoux ou barigoux,
mises au bout de manches longs de
plusieurs mètres, les hommes sortent
le Falun mouillé des trous profonds, le
passent au tamis quand il est mélangé
de pierres, et le mettent en un énorme
tas.

Un barigou, instrument
des tireurs de Falun à Bossée.

Le Falun est extrait l'automne, au moment où, les récoltes
étant rentrées, il y aurait un chômage général. Ce travail occa-

La pelle piarde, instrument
des tireurs de Falun à Bossée.

Tamis des tireurs de Falun.

sionne un mouvement d'argent assez considérable, car l'extraction
est payée en général un franc le mètre cube ou huit francs la toise
cube[1]. Chaque tireur de Falun extrait facilement quatre mètres
cubes par jour. Les personnes qui ne possèdent pas de falunière
peuvent acquérir du sable en le payant à certains propriétaires
quatre-vingts centimes à deux francs le mètre cube. Avec le char-
roi il revient à trois et quatre francs; ces différences de prix

[1] La toise, mesure de longueur encore usitée en Touraine, a deux mètres de long; la toise
carrée a donc quatre mètres carrés; la toise cube, huit mètres cubes.

tiennent à des qualités différentes du sable et aussi au plus ou moins d'éloignement des routes.

Si l'extraction du Falun diminue d'intensité à Bossée, elle nous a paru augmenter à Manthelan et au Louroux, où il ne sert pas seulement d'amendement, mais surtout pour bâtir et sabler. Entre ces deux bourgs, le Falun, extrêmement variable d'aspect et de richesse coquillière, est extrait de cinq cents mètres en cinq cents mètres. Aux environs de Louans, où il y a beaucoup de vignes, le Falun est employé pour abriter les jeunes plants.

Le château du Châtelier.

A Paulmy et à Ferrière-Larçon, le Falun est mélangé au sol par la nature, et on en porte peu dans les terres; on en fait usage surtout pour sabler les allées de jardins et les cours. On l'emploie aussi comme sable pour faire du mortier, et il est, pour cela, de premier ordre.

Dufour[1] raconte que, en 1793, les révolutionnaires de l'endroit, ayant voulu essayer de démolir les tours du château du Chatelier (commune de Paulmy), furent obligés d'y renoncer; les pierres des carrières locales de craie, liées par du mortier fait avec du sable des Faluns, résistèrent à tous leurs efforts.

Dans les gisements de La Nauraye (commune de Paulmy), le Falun légèrement mélangé de marne calcaire, qui sert à sabler la cour de la ferme, devient aussi dur que de l'argile battue et a sur celle-ci l'avantage d'être perméable à l'eau.

Dans aucune localité, le sable des Faluns ne peut être employé comme enduit sur les murs; il se délite et ne tient pas.

Au nord de la Loire, l'exploitation est aussi fort active. Le Falun, appelé Crouas dans la région, présente des aspects extrêmement variés. Il est aggluliné dans certaines carrières jusqu'à

[1] Dictionnaire, cité page 30.

pouvoir servir de moellon; mais ce moellon est poreux, et les murs sont salpêtrés de suite. L'église de Savigné-sur-Lathan, et du reste toutes les maisons du village et les anciennes fortifications (voyez ch. III), sont construites avec ce moellon.

Il en est de même au village d'Hommes.

Dans le bourg de Rillé, une ancienne porte construite en moellons de Falun a été laissée dans toute sa beauté de ruine moyenâgeuse.

A Cléré, le calcaire est mélangé de marne et peut servir, en se durcissant, à faire de très bonnes aires de granges. Les terres des environs de Savigné étant naturellement mélangées de Falun, on n'a pas besoin de les amender de

Ancienne porte à Rillé
(moellon de Falun).

Église de Savigné-sur-Lathan,
construite avec des moellons de Falun.

nouveau, et le pays est d'une fertilité extrême.

Les énormes Pecten qu'on rencontre dans la région servent à de singuliers usages. Les hommes les emploient comme plats à barbe, comme assiettes. Au bourg de Savigné, une ancienne « Crouazière » recouverte d'un toit fait

une fort bonne cave, et on a incrusté dans l'intérieur de gros
Pecten : les uns à plat, comme ornement; les autres se détachant
des murs, pour servir de porte-flambeaux.

M. de Longuemar, dans son Ouvrage sur la *Géologie de la
Vienne*[1], dit que le sable des Faluns de Mirebeau est employé

Habitation creusée dans le rocher de Falun.
à Douces (Maine-et-Loire).

pour les bâtiments. Le
sol des environs renferme
assez de calcaire pour
n'avoir pas besoin d'être
amendé dans ce sens.

Ainsi, en Touraine, aux
environs de Savigné, à
Ferrière-Larçon, le sable
des Faluns est naturelle-
ment mélangé à la terre
arable, tandis que sur le
plateau de Bossée il y avait
séparation absolue des
deux éléments, et il a
fallu que l'ingéniosité des
hommes les réunît. C'est
cette ingéniosité que
Réaumur admirait tant,
en 1720.

Aux Cléons, entre Le
Loroux et Nantes, un
lambeau de Falun endurci
a été largement exploité
au temps des Mérovin-
giens pour faire des cercueils de pierre; on en expédiait fort loin,
par bateaux, dans tout le bassin de la Loire.

A Pas-de-Hac, commune de Quion (Côtes-du-Nord), nous dit
M. Duvau en 1825, la pierre est blanche, compacte; on peut
construire avec; les parties moins dures sont employées à marner.

La pierre des Faluns du Cotentin (Picauville) servait aux
mêmes usages; la roche durcit à l'air, tout en conservant une

[1] Études déjà citées.

légèreté due à sa porosité même. Ce banc de Falun est si spécialement favorable pour la construction, qu'on n'a pas hésité à bâtir en l'employant. Aux environs de Doué-la-Fontaine, près de Saumur (Maine-et-Loire), le banc de coquillage, très étendu, très épais, est si compact, qu'on a pu tailler dedans des habitations souterraines. A Douces, ces maisons, creusées dans le roc de Falun, sont, ainsi que

Habitation creusée dans le rocher de Falun, à Douces (Maine-et-Loire).

celles creusées dans le calcaire, très sèches et parfaitement saines.

Près de là, il existe les restes d'un amphithéâtre romain, creusé dans la roche des Faluns.

On voit par ces quelques remarques à combien de différents usages on peut employer les restes de notre golfe Miocène : pierre de taille de première qualité, moellons, sable de tous genres, à bâtir, à marner, à amender.

Nous trouvons souvent, dans nos Faluns de Touraine, des concrétions de calcaire pur affectant les formes les plus singulières. Cependant nous n'y rencontrons pas de phosphate en quantité suffisante pour qu'il puisse être exploité directement. Dans les États d'Amérique, Floride, Alabama, Maryland, où se trouvent des

Ruines d'un amphithéâtre romain, à Doué-la-Fontaine (Maine-et-Loire).

terrains analogues aux nôtres, on a découvert des ossements fossiles en telle abondance, qu'on les a exploités comme engrais phosphaté. Il en venait au Havre avant la découverte des riches gisements des phosphates tunisiens.

Arrivant au bout de la tâche que nous nous étions tracée, sur la demande de quelques amis qui goûtent les traditions et les récits des Temps passés, nous ne voulons pas terminer cet écrit sans adresser nos vifs remerciements aux éminents géologues

qui nous ont aidée de leurs conseils et nous ont si généreusement laissé reproduire leurs écrits, cartes, notes, etc.; aux amis, voisins, tireurs de Falun, vieilles femmes du Terroir, qui nous ont renseignée avec tant de bonne grâce. Chacun, dans notre petit coin de Touraine, nous a dit son mot sur les Faluns, et nous avons cherché à coordonner ces notions éparses dans les esprits.

Ruines d'un amphithéâtre romain à Doué-la-Fontaine
(Maine-et-Loire).

Nous espérons avoir réussi à éclaircir, peut-être même à éclairer définitivement, ce problème qui nous a été posé tant de fois : Qu'est-ce que le Falun? D'où vient-il? Quelle est son origine? et à quoi sert-il?

Nous avons cherché à être très précise. Y avons-nous réussi?

L'emploi du sable des Faluns, comme amendement, nous paraît devoir disparaître assez prochainement dans notre voisinage. Au crépuscule de cette ancienne et utile coutume, qui avait donné vie, richesse et couleur locale à toute une région, n'était-il pas intéressant de retracer les phases de ces habitudes, de ces mœurs spéciales; de montrer la persévérance, le courage, l'ingéniosité de nos Tourangeaux d'autrefois; peut-être de les offrir comme modèles à notre génération actuelle, trop portée à croire que tout s'obtient sans travail, sans peine, presque mécaniquement?

Ce ne fut pas sans travail et sans peine cependant que les Bosséens d'il y a deux siècles sortirent de la misère, améliorèrent leurs récoltes et créèrent leur riche et fertile territoire!

« Il faut regarder devant nous vers l'Avenir de la France, mais n'oublions pas de noter le Passé. Pendant qu'il existe encore à l'état de Souvenir, notons-en les traits intéressants.

Les racines du Présent, ce Présent qui fuit et disparaît à chaque seconde, sont dans le Passé. Instruisons-nous des coutumes de nos Pères. Changeons ce qui est puéril, gardons et imitons ce qui était bon et bien; imitons surtout leur courage au travail. Que tous les Français produisent quelque chose, chacun dans la sphère de sa mentalité : celui-là un écrit historique, celui-ci une poésie; un autre fera une exploration lointaine, ou une belle découverte scientifique; l'un améliorera un coin du Terroir, pendant que son voisin élèvera un beau troupeau... Tout est bon, tout est utile qui fait sortir de la paresse, de l'apathie et de la routine.

Grillemont, août-décembre 1907.

33 307. — TOURS, IMPRIMERIE MAME